Le SCRAPBOOK

DE JUSTINE PERRON

Catalogage avant publication de Bibliothèque et
Archives nationales du Québec et Bibliothèque et Archives Canada

Larouche, Valérie

Le scrapbook de Justine Perron

Sommaire : t. 1. Y'a un début à tout!

Pour les jeunes.

ISBN 978-2-89585-418-0 (vol. 1)

I. Titre. II. Titre : Y'a un début à tout!

PS8623.A764S37 2013   jC843'.6   C2013-940886-X

PS9623.A764S37 2013

Infographie : Ateliers Prêt-presse

Les Éditeurs réunis bénéficient du soutien financier de la SODEC
et du Programme de crédits d'impôt du gouvernement du Québec.

Nous remercions le Conseil des Arts du Canada de l'aide accordée
à notre programme de publication.

Nous reconnaissons l'aide financière du gouvernement du Canada par
l'entremise du Fonds du livre du Canada pour nos activités d'édition.

Édition :
LES ÉDITEURS RÉUNIS
www.lesediteursreunis.com

Distribution au Canada :
PROLOGUE
www.prologue.ca

Distribution en Europe :
DNM
www.librairieduquebec.fr

 Suivez Valérie Larouche et
Les Éditeurs réunis sur Facebook.

Imprimé au Canada

Dépôt légal : 2013
Bibliothèque et Archives nationales du Québec
Bibliothèque nationale du Canada

VALÉRIE LAROUCHE

Le SCRAPBOOK

DE JUSTINE PERRON

Y'a un début à tout !

LES ÉDITEURS RÉUNIS

BONNE FÊTE JUSTINE ?

J'ai fait une gaffe.

J'ai avoué à ma mère que je voulais devenir écrivaine, genre, deux semaines avant ma fête...

Juin						Juin
Dimanche	**Lundi**	**Mardi**	**Mercredi**	**Jeudi**	**Vendredi**	**Samedi**
				1	2	
3	4	5	6	7	8	9
10	11	12	13	14	15	16
17	18	19	20	21	22	23
24	25	26	27	28	29	30

MAI							JUILLET						
D	L	M	M	J	V	S	D	L	M	M	J	V	S
		1	2	3	4	5	1	2	3	4	5	6	7
6	7	8	9	10	11	12	8	9	10	11	12	13	14
13	14	15	16	17	18	19	15	16	17	18	19	20	21
20	21	22	23	24	25	26	22	23	24	25	26	27	28
27	28	29	30	31			29	30	31				

Ma révélation...

Ma fête

Le résultat ?
Je lui avais demandé
un iPhone en cadeau
et, au lieu de ça, j'ai
reçu ce carnet.

5

Ma mère appelle ça un «*scrapbook*», mais c'en n'est pas vraiment un. J'imagine que, dans son temps, un *scrapbook* était un gros carnet spiralé aux feuilles jaunies et épaisses comme du papier de construction. «Idéal pour les coupures de journaux» que ça dit sur le mien... (Note pour bibi: va falloir que je recouvre ça, c'est trop laid!) Elle est capable d'être *cool*, ma mère, mais il y a des fois où elle est dans le champ solide! Je pense que l'explication la plus logique pour justifier son égarement, c'est celle que j'avais imaginée quand j'avais une dizaine d'années: dans la tête de tous les parents se trouve un petit *alien* qui gère tout! Chaque parent en a un, ça vient avec la grossesse, comme. Le petit *alien* est là pour nous étudier et essayer de nous comprendre, mais il tire souvent à côté de la cible...

L'*alien* de ma mère, je l'avais baptisé «Chlock» dans le temps. Tiens, je vais essayer de le dessiner ici... Ça mettra ces grandes pages vides à contribution.

Voici Chlock traduisant le mot iPhone...

**#%?¿!@!!
Scrapbook!

Bon, OK. Pour être totalement honnête, ma mère n'héberge probablement pas un *alien* dans sa tête (ça expliquerait bien trop de choses!); c'est sûrement ma faute si j'ai eu un *scrapbook* pour ma fête et pas un iPhone. Comme je l'ai dit, j'ai avoué à ma mère que je voulais être écrivaine plus tard et je vous parie ce que vous voulez qu'elle s'est aussitôt mise à lire de façon hyper intense plein de trucs sur la vie des écrivains et comment publier un livre parce que, quand j'ai déballé mon cadeau, elle m'a expliqué:

— Tu sais, plusieurs écrivains ont tenu un journal intime quand ils avaient ton âge et ça les a beaucoup aidés dans leur carrière.

Et pour justifier son choix d'avoir acheté un album spiralé plutôt qu'un carnet avec des lignes pour écrire et un cadenas pour la confidentialité (la version «normale» du journal intime, quoi!), elle a ajouté qu'un grand livre vierge «confinerait moins mon imagination». Ce sont ses propres paroles! (Sérieusement, la théorie de l'extraterrestre fait trop de sens...)

Est-ce le genre de trucs que je suis censée coller ici?

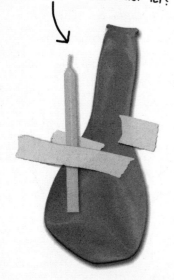

J'avoue que j'ai peut-être un peu mal réagi. J'ai légèrement hurlé à ma mère qu'elle ne comprenait jamais rien (non, mais c'est vrai! Les parents font tout pour nous faire croire qu'ils ont déjà été jeunes, mais où sont les preuves? On dirait qu'eux-mêmes ne se rappellent pas avoir déjà eu quinze ans. Bonjour l'argumentaire après ça...) et j'ai peut-être aussi suggéré que c'était le pire anniversaire de ma vie et qu'elle pouvait déjà annuler le *party* de ce soir parce que je ne voulais voir personne.

Bon. Ce n'est pas hyper flatteur comme portrait de moi, mais c'est moi. J'ai une légère tendance à la dramatisation. Je ne fais vraiment pas ça pour être méchante, car j'ai horreur de faire du mal aux gens, mais c'est sorti tout seul! De toute façon, je ne suis pas restée fâchée longtemps. Quinze minutes dans ma chambre à pleurer sur mon sort (pour une fois dans ma vie, pourquoi je ne pourrais pas être *in* et avoir un iPhone moi aussi?!) au bout desquelles une image s'est imposée à mon esprit et m'a fait me sentir vraiment mal. Je m'imaginais ma mère soulever délicatement – comme si c'était un trésor fragile – le cadeau que j'avais rageusement jeté sur le sol de la cuisine alors que son visage exprimait toute la tristesse du monde de ne pas avoir su plaire à sa fille (une concoction pure de mon esprit, car je crois bien n'avoir jamais vu ma mère pleurer...). Elle regardait le carnet avec haine et déception, puis le serrait dans ses bras et murmurait «pardon» à voix basse. (Je l'ai mentionné, j'ai une *légère* tendance à la dramatisation.)

9

Bien évidemment, cette vision m'a fendu le cœur et je suis ressortie pour m'excuser. Une partie de moi s'attendait à voir ma mère dans cet état d'accablement pour de vrai et je ne nierai pas avoir été quelque peu déçue de la trouver dans la cuisine, en train de démarrer le lave-vaisselle, les yeux secs. Mais je me suis excusée quand même. Elle m'a regardée un instant, l'air de se demander ce qu'elle allait bien pouvoir faire de moi, puis elle m'a souri et m'a prise dans ses bras.

— C'est correct, ma grande, a-t-elle dit, je comprends que t'aies été déçue. En réalité, nous n'avons pas les moyens de te payer un iPhone cette année, mais nous ne sommes pas assez pauvres pour ne t'offrir qu'un livre vide.

Elle a ensuite désigné un autre cadeau sur le comptoir et a ajouté que c'était pour étoffer mon carnet. Le paquet contenait un kit de départ pour le *scrapbooking* (des ciseaux spéciaux, des autocollants, des papiers, etc.). Ouin... Elle a vraiment de la suite dans les idées!

Oups! Voilà la famille. On va fêter mon anniversaire. Je dois y aller.

Je continuerai plus tard!

L'ESSAYER, C'EST L'ADOPTER...
PEUT-ÊTRE

Ma fête est passée depuis une semaine déjà. Quinze ans... Pourquoi les adultes nous disent tous d'en profiter «parce que ça passe tellement vite»? Moi, je trouve que c'est trop loooooong avant d'avoir fini l'école! Il y a la maternelle (1 an), le primaire (6 ans), le secondaire (5 ans), le cégep (2 ans) et l'université (3 ou 4 ans, au moins). Sans compter que j'ai fait de la garderie à temps plein dès que j'ai eu quatre ans...

Si je calcule vite, on fait presque vingt ans d'études et moi, il m'en reste encore pour, genre, sept ou huit ans avant d'en sortir! Ce n'est pas que je n'aime pas l'école, mais je ne sais pas... J'ai hâte d'être adulte, heureuse et libre.

Ouf... C'est looooong!

Bon, en attendant, où est-ce que j'avais arrêté la dernière fois? Ah oui. Mon «cadeau»...

11

C'est Ana, ma *best,* qui m'a aidée à l'apprécier finalement. Je ne sais pas pourquoi, mais, quand elle me répète la même affaire que ma mère, sa version sonne moins fou... Genre, ma mère me dira: «Tu peux t'amuser avec ton cadeau à créer plein de choses, à dessiner, à écrire, à faire des collages...», mais ça me paraîtra absurde et sans intérêt jusqu'à ce qu'Ana me récite sensiblement la même chose, presque mot pour mot... Elle est un peu ma traductrice *alien*-français.

Ana a raison. C'est vrai que ça peut être le *fun,* un *scrapbook.* Et comme je n'aurai visiblement pas de iPhone cette année, je veux bien essayer de m'amuser avec l'unique cadeau de mes parents. Alors à go, on commence. Attention... GO!

OK, j'en ai peut-être trop fait là-dessus, mais c'est que je m'ennuie solide. Ana est partie en vacances avec ses parents depuis hier et je suis pognée à la maison. Des fois, j'envie Guillaume (c'est mon petit frère). Après sa fête ou Noël, il peut passer des semaines sans s'ennuyer à jouer avec les jeux vidéo qu'il vient de recevoir. Sauf que moi, je n'aime pas trop les affaires de bataille et de sang «qui revole» (selon Guillaume, c'est ce qui est chouette dans ses jeux...). J'ai eu de beaux cadeaux, c'est sûr (des livres, des vêtements, des films, etc.), mais ce n'est pas le genre de trucs qui me dure des semaines (hormis la cinquième saison de la série *Dexter*, que je n'avais pas reçue à Noël, que ma tante Nancy vient de m'offrir pour ma fête et que j'essaie de faire durer le plus longtemps possible).

Voici une partie de l'emballage chic que ma tante a utilisé pour mon *Dexter*.

I ♥ Dexter

Donc, je ne sais pas trop quoi faire ces jours-ci. Et j'avoue que Guillaume commence à me tomber royalement sur les nerfs... Il peut être tellement collant durant l'été quand ses amis sont partis en camping ou je-ne-sais-où.

13

Je pense que je ferais mieux de sortir de la maison avant de lui mettre mon poing sur le nez et de me faire chicaner. Tiens, je vais aller vérifier si monsieur Dumas a un bon livre pour moi à la librairie.

Ouin... il faudrait au moins que je me donne la peine de découper les trucs si je veux que ce scrapbook soit **beau !**

DEXTER

TIME OUT

Bon, ça y est: j'ai flanqué une claque à mon frère. Mais c'est sa faute, aussi! Pendant que j'étais partie, il a piqué mon *Dexter* tout neuf et a trouvé le moyen d'abîmer le premier disque!

C'EST QUOI SON PROBLÈME?!

Sérieusement, qu'est-ce qui peut bien se passer dans sa tête pour qu'il fasse une chose pareille? Peut-être que lui aussi est contrôlé par un *alien*, mais un genre vraiment méchant, mis sur Terre pour détruire la race humaine et c'est pour ça qu'il joue à des jeux vidéo hyper violents: il en étudie les différentes tactiques!

Anyway, j'ignore si Guillaume possède effectivement un *alien* dans sa tête, mais Chlock – celui de ma mère – n'a pas mis trente secondes à rappliquer et à tout comprendre de travers. Je me suis fait engueuler en masse, même après avoir expliqué le crime de Guillaume! On dirait que ma mère ne comprenait pas. Comment peut-elle ME chicaner et ne pas réaliser à quel point le geste de mon monstre de frère est grave? IL A DÉTRUIT MON *DEXTER*! C'est punissable d'au moins un œil au beurre noir, ça, non? Une dent cassée, un bras foulé...

Enfin, quelque chose! Il me semble que ma vengeance était justifiée!

Toujours est-il que ma mère nous a envoyés dans nos chambres. Pas longtemps après, je l'ai entendue discuter avec Guillaume comme quoi il fallait toujours demander la permission avant de prendre ce qui ne nous appartient pas, blablabla. Mon frère a marmonné un peu, puis ma mère l'a laissé tranquille. Je me suis alors allongée sur mon lit en fixant le plafond. J'attendais, car je savais que j'étais la prochaine sur la liste des « discussions matures ». J'avais vu juste. Ma mère – et Chlock – est venue me voir dix secondes plus tard et j'ai eu droit au *speech* de la grande sœur qui doit montrer l'exemple et gnangnangnan. Je m'attendais à hériter d'un mois de corvées, mais, au final, elle m'a plutôt affirmé qu'elle comprenait ma colère. Hein?!

Je vous jure, avoir eu une gorgée de quoi que

INTERDIT DE SORTIR!

16

ce soit dans la bouche, je m'étouffais! Voici ce qu'elle m'a dit:

— Je comprends que ce cadeau vaut beaucoup à tes yeux. Ne t'inquiète pas, on essaiera de réparer ton DVD, sinon on en achètera un autre et Guillaume sera sévèrement puni. Mais tu dois comprendre que je ne peux pas te laisser sortir de ta chambre tout de suite. Il faut que tu réfléchisses à ce que tu as fait. Tu sais que frapper ton frère, c'est très mal. Il va falloir que tu apprennes à gérer adéquatement ta colère. Tu resteras ici jusqu'au souper et je ne veux pas entendre de musique ou de télé, c'est clair?

Il y a des jours où je m'ennuie de mon père... Lui, au moins, aurait compris qu'on ne touche pas à mon *Dexter*. Mais il reste encore un bon mois avant son retour de tournée...

Bon, je crois que je vais essayer de lire un peu (puisque ma mère a quitté ma chambre avec mon iPod). J'ai au moins trouvé un livre sympa à L'Évasion. Ça me fera patienter jusqu'à la fin de ma sentence...

LIBRAIRIE *Depuis 1961*
L'ÉVASION

GILBERT DUMAS
Libraire-propriétaire

103, rue Principale
Sainte-Marie-Anne-des-Anges, QC
G9X 3S6
Tél.: 819.555.1900
Téléc.: 819.555.1901
gilbertdumas@levasion.qc.ca
levasion.qc.ca

* * *

Finalement, le temps a passé vite; je peux déjà sentir le souper.

Mon livre est intéressant. Depuis ma fête, je me dis que ça serait peut-être une bonne idée après tout de lire des livres sur comment faire pour devenir un auteur. J'en ai feuilleté quelques-uns à L'Évasion et j'ai choisi celui-ci: *Outils pour devenir auteur*. Il m'inspirait parce qu'il propose des exercices et je viens justement d'en terminer un. Je suis pas mal fière du résultat, alors j'ai décidé de le coller ici. Oh! C'est l'heure du souper, la sentence est levée! Au moins, j'aurai utilisé ce temps-là de façon productive... À bientôt!

Présentation en prose

Je m'appelle Justine Perron et ceci est ma future biographie. J'ai quinze ans, un petit frère, une *best*, un père et une mère (évidemment) et je rêve de devenir écrivaine. Je vis dans un petit village que je surnomme affectueusement Saint-Creux (mais dont le nom véritable est ridiculement long et bourré de traits d'union), logé entre une forêt et un lac, et où évoluent un peu moins de deux mille personnes à une petite heure de route de Québec. Le dollar canadien est la monnaie d'usage, mais les potins ont aussi bon cours dans mon village puisque tout le monde connaît tout le monde ou presque.

Bien entendu, même à Saint-Creux les adolescents vont à l'école (sauf que, mon village étant trop petit, la petite centaine d'ados de Saint-Creux font leurs études dans la ville d'à côté – un poil plus grande – que je surnomme Saint-MOINS-Creux...). J'entamerai donc bientôt ma troisième année de secondaire à Sainte-Jeanne-des-Eaux (un autre nom plein de traits d'union et de piété), une école comme il en existe des milliers d'autres.

J'adore lire et écrire, ce sont mes passe-temps préférés. J'ai reçu un *scrapbook* à ma fête, et je compte bien le mettre à profit pour faire évoluer un peu mes talents d'écrivaine !

Mais reprenons du début...

J'ai quinze ans, un rêve de devenir auteure, un *kick* dans le cœur, une *best* que j'adore et un futur rempli d'étoiles. Je m'appelle Justine Perron et ceci est ma vie !

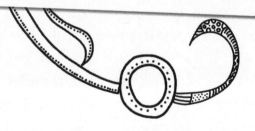

19

UN JEUDI DE JUILLET

OK, je m'en doutais depuis quelques années déjà, mais c'est maintenant confirmé: l'été sans Ana, c'est poche.

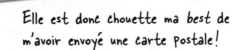

Elle est donc chouette ma best de m'avoir envoyé une carte postale!

Mon cercle d'amis est plutôt réduit et, honnêtement, je m'en fiche pas mal car je ne m'entends avec personne aussi bien qu'avec Ana. C'est vrai qu'il y a toujours Amandine, ma voisine avec qui j'ai joué pendant toute mon enfance, mais, depuis une couple d'années, elle est devenue bizarre et on n'a plus grand-chose en commun. De toute façon, je n'ai jamais aimé aller chez elle

(sa mère est vraiment *weird*) et comme il pleut
à boire debout aujourd'hui, si je lui téléphonais,
on se retrouverait dans son sous-sol à décoller
les étiquettes des cannages en aluminium pour les
recycler... ou alors elle s'inviterait dans ma chambre.
Je ne sais pas trop laquelle de ces deux options me
déplairait le plus...

     Donc, me voilà confinée à la maison familiale.
C'est drôle... En temps normal, je reste beaucoup
à l'intérieur et ça ne me dérange pas, même que
j'aime ça. Mais maintenant que nous subissons un
véritable déluge et que je suis obligée de rester
ici sans aller dehors, je me sens prisonnière.
C'est comme quand on combat une envie d'aller
à la toilette pendant un film. On ne veut pas le
mettre sur pause et se lever (souvent juste
par paresse), donc on se retient. Tant et aussi
longtemps que la salle de bain est libre, ça va, on
peut attendre, mais, à la seconde où quelqu'un
y entre, c'est la panique! On est soudainement
incapable de se retenir davantage...
C'est psychologique, tout ça.

J'ai l'impression de faire la file à
la banque, et qu'on vient seulement
d'appeler le numéro 13...

C62

     En tout cas, pour contrer mon
impression d'emprisonnement, j'ai poursuivi

la lecture de mon livre pour devenir écrivain et j'ai complété le deuxième exercice: présenter un personnage. Vu que je m'ennuie d'Ana, j'ai décidé de parler d'elle, mais comme si elle était un personnage de roman fantastique. Ç'a donné quelque chose de drôle, mais de pas si mal...

PRÉSENTATION D'ANA

Il existait jadis un petit village du nom de Saint-Creux perdu au milieu des arbres et d'un passé qui s'accroche. Les gens étaient ordinaires, sans histoire, et ennuyeux... jusqu'à l'arrivée d'une jeune fille étrange et de sa famille. Anaé Kimura, fille de l'Est aux cheveux aussi sombres que l'ébène de ses yeux, allait changer bien des choses dans le terne lieu.

Voyez-vous, la jeune fille au nom poétique possédait le don de « surintelligence ». Elle savait tout, comprenait tout, souvent bien avant le reste des gens. Solitaire de par sa nature, quelle ne fut pas sa surprise lorsqu'elle découvrit que là, au milieu de nulle part, dans un village oublié du reste du monde, vivait celle qu'elle pourrait appeler une sœur.

Cet exercice m'a vraiment donné le goût de parler des gens que j'aime... Alors, comme je n'ai rien de mieux à faire aujourd'hui, je crois que je vais tenter un premier essai de véritable *scrapbooking*.

Mon cœur appartient à

→ Raphaël ←
Tremblay-Jutras

Personne ne sera vraiment surpris, hein!

Sa mère et lui ont déménagé à Saint-Creux quand il avait neuf ans, et moi, huit. Et dès que je l'ai vu, j'ai eu le coup de foudre. C'est arrivé comme dans un film! Bam! Un coup dans le cœur! Et chaque fois que je le vois depuis ce moment-là – même encore aujourd'hui! – j'ai l'impression de manquer

d'air. Il est tellement parfait... Super mignon,
timide, un bon ami et, selon une source sûre,
il prend vraiment bien soin de sa mère.

Ouf...
pas évident de
découper du carton
avec les
ciseaux spéciaux!

JE CRAQUE
TROOOOOP!

Et c'est pire encore quand il porte son
chandail style jersey de hockey vert forêt.
Ah! Ça fait ressortir ses beaux yeux verts.
C'est presque de la torture tellement il est beau
dans ces moments-là!

Évidemment, je ne suis pas la seule à avoir
remarqué à quel point il est mignon... Au moins
la moitié des filles de l'école ont le *kick* sur lui.
Toutefois, je ne sais pas pourquoi, j'ai l'impression
que, pour moi, c'est différent. Ce n'est pas juste
un *kick*. Moi, je le comprends. Je ne le vois pas
seulement comme un beau garçon, mais comme
quelqu'un de bien. C'est sans doute pour ça que je
suis certaine que je serais parfaite pour lui, mais
bon... Je suis peut-être encore un peu trop invisible

pour qu'il me remarque. Après tout, quand on a l'embarras du choix, on choisit le top du top, une fille super belle et populaire comme Andréa, la reine de l'école. Pas des filles ternes, comme moi.

Comprenons-nous bien, je ne me dénigre pas, là! Mais il faut être réaliste dans ce monde. Les belles personnes sont toujours favorisées par les êtres humains. C'est comme ça. Je pense qu'en comprenant ça de bonne heure – comme à mon âge – j'aurai moins de surprises décevantes dans ma vie.

Pour en revenir à Raphaël, je n'ai jamais vraiment osé lui parler. Ça me rappelle une fois, au primaire, où les années quatre, cinq et six ont fait un voyage éducatif d'une fin de semaine à Ottawa. L'école avait loué un dortoir ou je-ne-sais-trop-quoi. Tout ce dont je me souviens, c'est d'un couloir qui ressemble à ceux de mon école où plusieurs portes donnaient sur des petites pièces toutes pareilles: deux lits, une fenêtre, une table et une chaise ainsi qu'un lavabo.

Moi, j'appelle ça un dortoir. *Anyway...* Il m'arrive souvent de me lever la nuit pour aller à la toilette. Sauf que cette nuit-là, quand je suis sortie de la pièce que je partageais avec une fille de mon année scolaire, je me suis aperçue que je n'avais aucune idée où pouvait bien se trouver la salle de bain. C'est à ce moment que je suis tombée sur Raphaël qui revenait probablement de là. Il m'a souri et m'a dit que, si je cherchais la toilette, c'était au bout du corridor, à gauche. J'étais tellement intimidée que je n'ai même pas été capable de lui dire merci. J'ai juste rentré mon menton dans ma poitrine et je me suis mise à marcher super rapidement vers la salle de bain.

Honnêtement, c'est tout ce dont je me souviens de ce voyage! Je ne me rappelle plus les bâtisses que nous avons visitées! Bonjour le côté éducatif de l'affaire! Ha! ha!

En tout cas... Tout ça pour dire que je n'ai jamais osé lui parler – et que je n'ose toujours pas. Je ne sais pas comment me rapprocher de lui, car il fait partie de la *gang cool* de l'école, tandis que moi, je suis plutôt de la *gang* des *geeks*...

Hé! C'est un peu comme le film *Grease*! Il est hyper *hot* et très en vue alors que je suis la petite fille timide, gentille et invisible. Wow! TROP romantique! Je m'imagine tellement raconter ça à nos enfants!

Bon, bon, plus sérieusement – et réalistement – je ne me vois pas devenir sa blonde – ou la mère de ses enfants! – même si je suis convaincue que je serais la fille parfaite pour lui. Dommage qu'il ne s'en rende pas compte. Mais ne nous attardons pas là-dessus. Je voulais surtout dédier quelques pages à mon coup de foudre, donc c'est ce que je vais faire.

Ce que je sais de lui: il a une grande sœur qui vit avec son père; ses parents sont divorcés; il a les cheveux châtain foncé et les yeux verts; il est très sportif et joue au soccer, au basketball et au hockey; il fait partie de la *gang* des *cools* de l'école. Il n'a jamais eu de blonde, que je sache, et selon une source fiable, c'est un garçon très gentil.

Je rêve à tout plein de scénarios romantiques! Par exemple, j'assiste à un match de soccer où il score le point vainqueur et, tandis qu'il court rejoindre son équipe qui l'acclame, il m'aperçoit dans les estrades, puis est comme frappé d'un coup de foudre... (Après tout, depuis le temps qu'on se côtoie, comment se fait-il qu'il n'ait pas réalisé qu'on est faits pour être ensemble? Quel

gâchis! Moi, quand je le vois, j'ai toujours des papillons dans le ventre et je ressens comme des décharges électriques tout le long de ma colonne. Je ne peux pas croire que toute cette chimie soit à sens unique!) Ensuite, il vole presque par-dessus les bancs et s'approche de moi, tout essoufflé et en sueur, et, sans dire un seul mot, il m'embrasse tendrement. *soupir* Je ne sais pas pourquoi je continue à rêver à tout ça parce que, quand je me «réveille», mon moral s'écroule toujours face à la triste réalité.

Comme mon *kick* sur lui dure depuis une éternité, plusieurs personnes sont au courant (dont mon père, qui me taquine parfois à ce propos, grrrr!). Ma *best,* qui me connaît par cœur, m'écoute râler à ce sujet depuis un bout, et aussi ma voisine Amandine, avec qui j'ai longtemps été amie. Avec tout ce monde dans le savoir, j'avoue que des fois – juste des fois – une petite partie de moi souhaite que mon secret éclate au grand jour et parvienne enfin à ses oreilles, afin de forcer une réaction de sa part... Mais à ce jour, *niet!* Rien.

Re-soupir Bon, je pense qu'il est préférable que je lâche le sujet pour le moment...

Wow! Je regarde ce que j'ai fait dans les dernières pages et je trouve ça vraiment beau! Je m'impressionne moi-même, sérieux!

J'ai peut-être mis un peu trop de gugusses?
Non, non, c'est parfait! Je crois même que je pourrais
en mettre encore un peu plus, mais il faudrait que
je me réapprovisionne, car je suis presque passée à
travers tout le kit de départ!

Je dois admettre qu'Ana avait un peu raison.
C'est plutôt amusant, un *scrapbook*.

On peut coller plein
de trucs mignons!

Et aussi gribouiller
tant qu'on veut!

Bon, assez rêvassé pour aujourd'hui!
Je vais voir si on ne pourrait pas organiser
une petite activité familiale, question de mettre
l'été à profit un peu (et arrêter les bruits de
tirs violents qui proviennent de la chambre de
Guillaume avec ses jeux stupides... Ça me tape
vraiment sur les nerfs...). Je vais essayer de
trouver un jeu de société ou quelque chose de
plus silencieux à la place...

LÀ OÙ ÇA SENT LA FUMÉE...

Ces jours-ci, ma mère se montre *full* compréhensive face à mes humeurs et tout ça. Genre qu'elle me demande mon avis sur les « activités familiales » de la journée, elle écoute mes suggestions et, parfois, on fait même ce que j'ai choisi (les activités à Saint-Creux ne sont pas nombreuses, mais j'aime bien aller manger de la crème glacée ou aller au *miniputt* de Saint-Moins-Creux que je trouve très original. Il est comme dans les films, avec des parcours bien décorés et des obstacles en 3D comme un moulin à vent, une tête de clown, etc.).

Le dragon est vraiment difficile!

Les Potes du MiniPutt
72, Grande-Allée, Sainte-Ernestine QC G8X 2G1

1. Le clown
2. Le « tout inclus »
3. La lagune
4. La mine de charbon
5. La pyramide
6. La grotte
7. Le pont-levis
8. Le donjon
9. La forêt enchantée
10. Le dragon
11. Le moulin
12. Le sun
13. Les rubés
14. Les trappes
15. Le poste
16. L'arc de Triomphe
17. Le machinaire
18. L'astragale

Tout le mois de juillet

Jeudis après-midi à 1/2 prix*

*Un coupon par client. Pas de remise si pluie.

31

Pour illustrer la nouvelle compréhension de ma mère, j'ai une preuve: il y a deux jours, elle a mentionné que nous pourrions peut-être aller chez mon oncle Pierre et ma tante Louise pour la journée, mais, puisque je ne m'entends pas super bien avec mes cousins (des *weirdos* comme mon frère, mais en plus vieux), j'ai protesté. J'ai argumenté que, selon moi, aller se baigner chez mon oncle Jean serait beaucoup plus le *fun*. Ma mère a donc appelé son frère qui s'est dit ravi de nous accueillir. D'autant plus que Nadia (ma cousine) se trouvait chez lui pour quelques jours...

Mon arbre généalogique

Grand-père Perron

Grand-mère Émilie

Papy Dupré

Mamie

Raymond (Ray) Perron

Camille Dupré

Son frère Jean

Ma cousine Nadia

Mon frère Guillaume

Moi Justine

J'aime bien Nadia. Même si elle a six ans de plus que moi (donc, 21 ans), elle est vraiment *cool*. Elle ne me snobe pas et se montre hyper gentille avec moi. On a souvent de longues conversations de filles. C'est un peu comme si j'avais une grande sœur. Elle est très sage et intelligente et me donne plein de conseils. En plus, elle est super belle et elle a récemment commencé une carrière de mannequin! (J'avoue que, des fois, je l'envie et j'aimerais devenir comme elle quand j'aurai son âge.) Normalement, elle reste à Montréal (elle a déménagé là avec sa mère il y a dix ans quand ses parents se sont séparés), mais elle revient toujours passer quelques semaines chez son père en été. Elle dit que c'est comme des vacances: la campagne, la piscine, la tranquillité, le lac, le soleil, l'air pur. (Il paraît qu'on peut sentir la différence avec l'air de Montréal... Je ne saurais pas dire si c'est vrai, car je ne me rappelle pas la dernière fois qu'on est allés dans une grande ville.)

Quand on est arrivés chez mon oncle Jean, Guillaume a sauté dans l'eau sans attendre, ma mère et mon oncle se sont installés sur le patio pour discuter avec un verre de sangria tandis que Nadia et moi avons pris du soleil autour de la piscine. Après une bonne heure de discussion, Nadia a réussi à me tirer les vers du nez et je lui ai avoué que je suis *full* en amour avec un gars (je ne l'ai pas nommé par contre!). Elle avait de bons conseils quant à la meilleure façon de faire en sorte qu'il s'intéresse à moi, comme tomber sur lui «par hasard», à son travail, ou à un endroit où il a l'habitude d'aller.

Y'avait ça dans ma sangria non alcoolisée!

La plus belle journée de l'été!

Il croirait alors que nous partageons des intérêts communs... C'est une bonne idée, j'avoue, mais le problème, c'est que, même si je le rencontrais dans ces endroits, je serais encore trop gênée pour lui parler... Et comme je suis invisible, il ne remarquerait pas que je suis là. (Je le sais, je suis déjà allée à son travail et il ne m'a pas regardée une seconde...)

Il va falloir que je me creuse la tête à ce sujet-là... ou alors que je me fasse greffer une glande qui sécrète du courage! Mais revenons plutôt à cette belle journée d'été en famille...

Nadia et moi avons discuté davantage et elle m'a révélé qu'elle s'est fait un *chum*! À l'écouter raconter leur rencontre, je me rappelle m'être dit que tout semble tellement plus facile quand on a vingt ans. Il y a moins de *games* qui se jouent. Si un gars te trouve belle, il fonce et il ne se soucie pas trop de l'opinion de sa *gang* d'amis. En tout cas, c'est ce qu'elle m'a laissé entendre.

Bref, nous avons passé un super samedi grâce à mon idée. Mais depuis que nous sommes revenus de chez mon oncle Jean, je ne peux m'empêcher de penser que l'humeur compréhensive de ma mère est louche. C'est quand même bizarre que, cette journée-là, elle ait accepté de revenir sur sa position initiale et ait changé nos plans juste parce que j'avais manifesté mon désaccord... Sérieux, je sens la fumée... Je devrais apercevoir le feu bientôt...

AU FEU!

Je le savais! Là où ça sent la fumée, y'a un feu!

La bonne humeur et la complicité soudaines de ma mère cachaient bel et bien quelque chose: elle veut que je me trouve un travail! Elle soutient que, pour éviter les conflits entre mon frère et moi, l'idéal serait que je m'occupe pendant le reste des vacances. Pfff! C'est n'importe quoi! Pourquoi c'est encore moi qui est punie? Et puis, à Saint-Creux, ce n'est pas comme en ville. On n'a pas mille et une options! Sans compter qu'on est presque à la mi-juillet. Tous les «bons» postes sont déjà occupés. Moi qui croyais naïvement que ma sentence avait été levée le soir suivant l'incident *Dexter*... Mais tout ce temps-là, ma mère cherchait une VRAIE punition... Et seulement pour moi, hein, je le répète. Parce que Guillaume, lui, n'a pas à se trouver d'emploi, «il est trop jeune»!

Bon, on respire et on essaie d'être de «bonne foi», comme dirait mon père... J'avoue que ça pourrait être *cool* d'avoir de l'argent à moi sans devoir toujours quêter auprès de mes parents... Mais non! Ana revient après-demain et je n'ai pas envie d'être prisonnière d'un bureau de poste ou

d'une caisse enregistreuse alors que je pourrais
passer du temps avec ma *best*.

*Hein? C'est donc bien vague!
On travaille quand,
au juste?*

*Ça, ça veut dire
« passer la tondeuse »...
Non, merci! Je ne le fais
déjà pas chez nous...*

(C'est juste un disque vierge!)

Oups

Il aurait pu s'excuser au moins...

Peu importe comment je regarde ça, je reviens à la même conclusion: ce n'est vraiment pas juste! (Mais évidemment, la fonction «compréhensive» de ma mère est redevenue hors d'usage, alors inutile de me plaindre à elle.)

Sérieusement, pourquoi est-ce que JE continuerais
à être punie alors que mon frère n'a rien subi de
sérieux (je ne lui ai tout de même pas cassé le
nez ce jour-là, que je sache!)? Guillaume, lui, a eu
la punition la plus facile du monde! Comme on a fini
par «réparer» mon DVD, il s'en est tiré avec juste
un petit sermon.

C'est trop clairement un
cas d'injustice. Il va falloir que je
fasse appel à la Cour des Perron!
Ça, c'est une nouvelle idée de ma
mère. Après la fameuse Bataille
Spaghetti de l'an dernier, elle a
décidé que notre famille nécessitait
un «exutoire». Ça veut dire que,
maintenant, quand on trouve que
quelque chose est injuste, on a le
droit de ~~chialer~~ l'exprimer librement
sans que personne ne se fâche.
Quand le besoin s'en fait sentir,
on peut donc faire appel à la Cour
des Perron. Sauf que, comme
tout le monde doit être présent
pour partager son point de vue et
mon père ne rentre que dans une
semaine, il va peut-être falloir que
j'attende jusque-là...

COUPABLE !

LE RETOUR D'ANA

J'ai vraiment la meilleure *best* au monde! Grâce à elle, je n'ai pas eu besoin de faire appel à la Cour des Perron! J'explique.

Ana est rentrée il y a deux jours de son voyage aux États-Unis. Non seulement elle m'a fait super plaisir en me rapportant des souvenirs de la Floride (j'ai eu droit, entre autres, à une belle serviette de plage marquée Miami et à des souvenirs de Universal Studios), mais, en plus, elle a trouvé le moyen de régler mon problème avec une idée géniale: j'irai aider monsieur Dumas à la librairie! Tout se règle ainsi! Je travaillerai, comme ma mère le souhaite (ce qui signifie pas de chicane), et ce sera un job hyper *cool*! Je ne sais pas comment ça se fait que je n'y avais pas pensé avant... Ana est vraiment trop intelligente. Des fois, je me demande ce que je ferais sans elle. Elle a même réussi à me faire comprendre l'état d'esprit de ma mère! Un exploit, sérieux!

Selon elle, ma mère souhaiterait surtout que je sorte de la maison, que je gagne un peu de liberté (financière et autres) et que, en aînée responsable, je lui permette de profiter de ses vacances tranquillement sans qu'elle ait toujours à arbitrer mes différends avec Guillaume.

Résultat: demain, j'irai rencontrer monsieur Dumas et j'essaierai de me faire engager à l'Évasion – même gratuitement s'il le faut parce que, maintenant, j'aime bien l'idée de travailler là! Je suis sûre qu'il dira oui; il a toujours besoin d'aide. De toute façon, on verra bien... En attendant, voici quelques-uns des souvenirs que m'a rapportés ma *best* spécialement pour mon *scrapbook*.

Étiquette du requin en peluche qu'elle m'a offert

Petit sac de sable

Trop *cool*! Elle m'a donné un dollar US pour que je le colle ici! J'aime trop ma *best*!

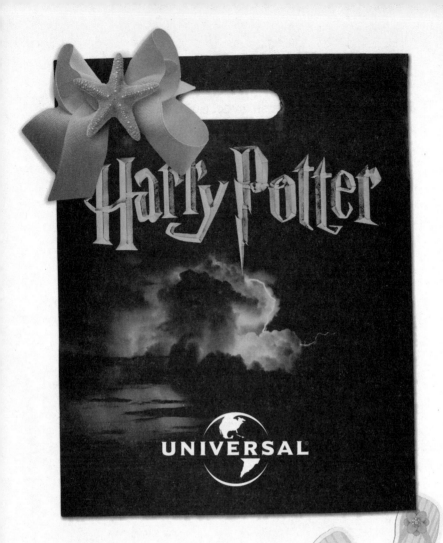

Oh! Je la déteste trop d'être allée là!
JE VEUX Y ALLEEEEEEEER!

Au moins,

elle m'a rapporté une camisole super belle
et des dragées surprises de Bertie
Crochue, mais je n'ai pas encore osé y
goûter...

Après avoir réglé mon problème, Ana et moi avons passé le reste de la journée à écouter de la musique et à faire des compilations de nos chansons préférées de l'été. Pendant son voyage aux États-Unis, Ana s'est mise à *tripper* sur Fun. et Katy Perry, ce qui m'a un peu surprise puisqu'elle a d'habitude des goûts un peu moins en vogue, mais j'avoue qu'ils ont des chansons plutôt *cools* (et je trouve Nate Ruess vraiment *cute!*).

De mon côté, je continue à suivre mes groupes un peu plus marginaux (qui n'ont malheureusement rien sorti ces derniers temps) et d'autres chanteurs que j'aime bien. On en a donc profité pour échanger plein de tounes et en télécharger quelques-unes sur nos iPods pendant qu'Ana me racontait son voyage en détail.

Après son départ, je me sentais *full* inspirée et j'ai concocté mon top 5 des chansons du moment pour décorer mon *scrapbook*.

C'est vraiment beau!

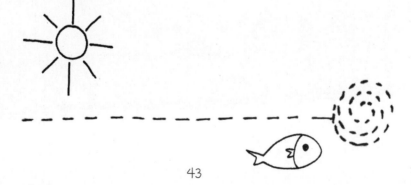

GROUPES ET CHANTEURS FAVORIS:

Nightwish

Within Temptation

Mes Aïeux

Adele

Katy Perry

Fun. (le chanteur est *full* trop mignon).

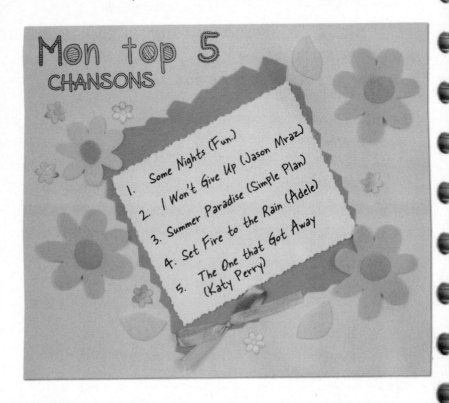

PREMIER EMPLOI

Voilà, c'est fait! J'ai mon premier emploi officiel! Enfin, pas si officiel que ça... Vu que je n'ai pas 16 ans, monsieur Dumas ne peut pas *légalement* me déclarer comme son employée, mais il me paiera «en dessous de la table». Et puis, c'est seulement pour quelques semaines, car monsieur Dumas ne veut pas que j'occupe mes temps libres à travailler pour lui lorsque l'école recommencera; il préfère que je les consacre à étudier. L'an prochain, j'aurai 16 ans et je pourrai me faire engager officiellement cette fois.

HELLO
my name is

JUSTINE PERRON

Heureusement, je n'ai pas à porter ce genre de truc! C'était juste pour faire symbolique.

C'est sûr que je ne gagne pas le salaire minimum; je suis en dessous, mais c'est quand même mieux que rien du tout (ce en quoi consistent mes revenus en ce moment). Et monsieur Dumas m'a laissé entendre que, quand ça sera possible, il me permettra de prendre un livre dans ses étagères en guise de bonus, sans compter que j'aurai droit à un rabais substantiel sur tous mes achats.

Il est vraiment *cool*, mon «patron». C'est un bonhomme tout en rondeurs à la cinquantaine bien entamée, toujours en train de rêver, mais aussi toujours stressé par la boutique. Il est presque chauve, bedonnant et possède un gros visage joufflu hyper sympathique. Curieusement, il ne porte que des chemises à carreaux et des jeans. Il se montre toujours souriant avec ses clients (même s'il y en a qui posent des questions un peu stupides des fois...). Sérieux, c'est vraiment quelqu'un avec qui on se sent bien tout de suite. Je ne connais pas une personne à Saint-Creux qui n'aime pas monsieur Dumas!

Demain sera ma première journée à la boutique. Monsieur Dumas m'a demandé d'arriver pour l'ouverture, vers 9 h, afin qu'il puisse me montrer un ou deux trucs avant que le premier camion de livraison n'arrive, une heure plus tard. C'est drôle, je ne pensais pas dire ça un jour, mais j'ai hâte d'aller travailler!

L'ÉVASION

Ah! J'adore trop cet endroit. Il s'agit d'une petite librairie de village (encore surprenant que nous en ayons une!) qui n'a rien à voir avec les librairies à grande surface modernes. C'est petit, coincé, avec plein de livres entassés sur des étagères et des tables qui sentent le bois. Parfois, les ouvrages sont empilés directement sur le plancher.

Ici, il n'y a que des livres, pas de figurines de Schtroumpfs ni d'ensemble à raclette à offrir en cadeau. C'est chaleureux, douillet, poussiéreux

Alice Major

Aléanne du Mirador

Tome 1.
Le bal des elfes

Byron Éditeur

Le ...rteau ...sop

...longez dans
...rs fantastique de

...les Roui...
...uteur de la série
Chevaliers
de l'île Fa

BELLAMOBILE
www.bellamobile.qc.ca

Voici deux nouveautés que nous avons reçues aujourd'hui...

et une odeur permanente d'encre fraîche embaume les lieux. C'est comme entrer dans la demeure d'un magicien. J'ai toujours imaginé que, si Gandalf avait un salon de lecture, il ressemblerait à ça! Il n'y manque qu'un foyer et un vieux fauteuil moelleux.

Je me souviens d'un moment dans le roman *Cœur d'encre* où Meggie se retrouve dans la bibliothèque de sa tante et les livres murmurent à ses oreilles. Chaque fois que je pousse la vieille porte en bois vitrée, j'ai l'impression que les livres me parlent. Chacun m'attire dans son univers fictionnel et m'offre la possibilité de vivre toutes les aventures du monde. Si j'avais le temps, je les découvrirais tous!

Je revenais à peine de ma première journée à L'Évasion que je voulais en parler à quelqu'un, tellement j'ai aimé mon expérience. J'en ai bien glissé un mot à ma mère, mais elle avait revêtu son kit « Je peins » et elle s'acharnait sur une nouvelle toile. Tout ce que je lui disais glissait d'une oreille à l'autre et je n'ai rien tiré de plus d'elle que quelques « C'est bien, chérie »... J'ai donc décidé d'appeler Ana, mais il n'y avait personne chez elle. Alors je suis venue écrire ici. Voici donc ma première journée à la librairie!

Quand je suis arrivée vers 8 h 50, monsieur Dumas était déjà là, derrière sa caisse, avec des cahiers remplis de chiffres. Il avait l'air fort concentré, mais, quand il m'a vue, son visage s'est éclairé, comme chaque fois qu'il aperçoit quelqu'un. Il a déverrouillé la porte pour moi et nous avons bavardé un peu. Puis il m'a presque tout montré dans la librairie! Comment me servir de la caisse, comment répondre aux clients, comment classer les livres, comment recevoir une livraison, etc. C'était vraiment *cool*!

VOTRE TICKET
MERCI
A BIENTOT

07-22-2012   15:22
REG   0019

DEPT01   T1 $14.95
DEPT01   T1T2 $4.99
DEPT02   T1T2 $9.95
DEPT02   T1 $12.95
DEPT01   T1 $12.95
DEPT01   T1 $8.95
DEPT01   T1 $6...
HORS TAXE 1   3.24
TVA 1   ...4.94
HORS TAXE 2 $1...
TVA 2 $69.4
ESPECES

MA PREMIÈRE VENTE!

Bon, c'était juste des cahiers à colorier et des albums d'autocollants, mais faut bien commencer quelque part!

Quand un camion rempli de boîtes est arrivé vers 10 h 15 et que le chauffeur a déposé quelques-uns des cartons dans l'entrepôt, monsieur Dumas a signé les papiers et m'a laissé ouvrir les caisses moi-même! J'avais l'impression de déballer mes cadeaux à Noël!

J'ai placé les livres nouvellement arrivés sur un chariot (plutôt inutile puisqu'il ne peut pas circuler dans la librairie et qu'on doit porter les livres de toute façon) et je les ai classés presque entièrement toute seule. De toute la journée, il y a eu environ cinq clients. Toutefois, ils avaient tous des questions trop pointues et monsieur Dumas a dû me donner un coup de main pour leur répondre, mais ça ne me dérange pas parce que j'apprends plein de choses!

CORALINE
(Neil Gaiman)

L'ÉTRANGE VIE
DE NOBODY
OWENS
(Neil Gaiman)

CŒUR D'ENCRE
(Cornelia Funke)

MES LIVRES PRÉFÉRÉS

GAÏG (Dynah Psyché)

(Il y a aussi la série
Frissons...)

L'APPRENTI
ÉPOUVANTEUR
(Joseph Delaney)

LES SORCIÈRES DE
SALEM (Millie Sydenier)

LE LIVRE DES
CHEVALIERS
(Yves Meynard)

J'aime avoir peur, être transportée ailleurs
ou simplement surprise par une histoire originale.

Vers 15 h, monsieur Dumas m'a remis 30$ et m'a signifié que j'avais fini pour la journée. En revenant, j'étais tellement contente de sentir cet argent dans mes poches que j'ai décidé de me payer un cornet!

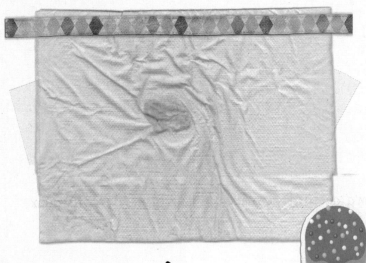

Napkin du Palais des Glaces... avec échantillon de crème glacée double chocolat!

Ma mère m'aurait sûrement dit que ça gâcherait mon appétit pour le souper, mais je m'en fiche! J'ai un salaire et un job super! J'ai déjà hâte à demain pour y retourner... Est-ce que ça fait de moi une *geek*?

MA PREMIÈRE JOURNÉE DE TRAVAIL!

Après le souper, j'ai téléphoné à Ana pour lui raconter en détail ma première journée à la librairie. Je lui ai aussi dit que je bénéficierais d'un escompte sur mes achats et que, pour la remercier à l'infini d'avoir résolu mon problème, elle pourrait venir s'acheter tout ce qu'elle désirait pendant mes quarts de travail. Elle était hyper contente! Elle m'a aussitôt demandé de lui mettre de côté deux volumes de son auteure fétiche: Kathy Reichs. (Je ne sais pas pourquoi elle continue de lire ces romans policiers-là, car avec sa «superintelligence» inouïe, elle devine souvent les intrigues avant d'arriver à la moitié du livre!) Nous avons ensuite discuté des nouveautés que j'avais placées dans les rayons, et elle était impressionnée de voir tout ce que j'avais appris en une seule journée. Je me sentais super chanceuse! Et stressée! Après avoir passé une journée entourée de livres, à les placer, les regarder, les vendre, les recommander... j'ai juste envie d'une chose: lire plus de livres! Voici ceux qui ont le plus attiré mon intérêt et que j'aimerais vraiment lire prochainement!

LIVRES QUE J'AIMERAIS LIRE

Pandora Hearts #14

Soul Eater #20

Hex Hall de Rachel Hawkins

Les Chroniques de la Fin du Monde
de Susan Pfeffer

Les Chants de la Terre lointaine
d'Arthur Clarke

Promise d'Ally Condie

Sorcière de Cate Tiernan

Ailes d'Aprilynne Pike

J'ai du mal à m'intéresser à autre chose qu'au fantastique...
mais j'aimerais pourtant bien lire
Le journal d'un dégonflé de Jeff Kinney.

LE RETOUR DE MON PÈRE

Le titre le dit: mon père est enfin rentré! Il était parti en tournée depuis septembre! Mon père a vraiment un travail le *fun*: c'est un *roadie* pour le groupe Imprecatio (ça veut dire «damnation» en latin). Il s'agit d'un groupe de métal symphonique montréalais qui commence à gagner en popularité. Cette année, il effectuait sa première tournée mondiale.

New York — Washington — Londres — Glasgow — Paris — Rio de Janeiro — Sydney — Tokyo

Avant, je ne savais pas trop ce qu'il faisait au juste, mon père, mais, depuis que j'ai découvert le métal symphonique (et que j'aime ça), il m'a emmenée voir un *show* et j'ai pu le voir à l'œuvre.

En fait, les *roadies* constituent l'équipe technique d'un groupe de musique. Ils s'occupent du matériel (instruments, amplis, micros, etc.), le transportent, le branchent et le testent pour le *band* avant que celui-ci entre en scène. Et pour éviter de toujours s'ajuster à une nouvelle équipe et d'avoir à lui montrer tous les *settings*, on emmène les *roadies* partout avec le *band*. C'est plus facile, rapide et efficace comme ça.

Mon père est avec Imprecatio depuis, genre, huit ans. Il fait un peu office de directeur technique. Avant, il dirigeait une équipe postée dans l'amphithéâtre de la ville de Saint-Moins-Creux. Et avant ça, il était un technicien normal. Il aurait pu être musicien (il est très bon à la guitare et chante d'une voix correcte quand il se force un peu), mais il dit qu'il aime mieux travailler dans l'ombre, être le *big guy* derrière tout le monde.

Le *pick* que j'utilisais lorsque mon père me montrait à jouer de la guitare quand j'étais jeune. Je n'ai pas persévéré très longtemps... Trop dur pour moi. J'ai du mal à coordonner ma main gauche et ma main droite... C'est comme le fameux truc où il faut se frotter la bedaine d'une main et se taper sur la tête de l'autre. Je n'ai jamais réussi...

Anyway, tout ça pour dire que mon père est finalement rentré de sa tournée et nous a rapporté des cadeaux de Noël et de fête en retard! Trop *cool!* Je n'ai pas vu tout ce qu'il a donné à maman et à Guillaume, mais à moi, comme il sait que j'ai toujours rêvé de voir l'Europe, il a offert plein de trucs de mes pays préférés: un mini Big Ben et un sac marqué «London» d'Angleterre, un *leprechaun* tout vert de l'Irlande, un foulard et une jupe style kilt de l'Écosse, une mini tour Eiffel ainsi qu'un chandail trop *cool* de la France. Malheureusement, mon père ne semble pas très bon pour deviner ma taille, alors le chandail est trop petit... Mais, au moins, la jupe et le foulard me vont bien! Je soupçonne Kathy d'avoir donné un coup de main à mon père. (Kathy, c'est comme ma tante. Elle travaille avec Imprecatio depuis leurs débuts. Elle est tellement *cool.*)

Oh! Et ce qui est le *fun* aussi, c'est qu'en découvrant mon *scrapbook*, mon père a vidé son portefeuille et une partie de sa valise de bidules de voyage dont il n'avait plus besoin! Ça me fera de quoi décorer quelques pages!

Deux euros, ça doit valoir pas loin de trois dollars au Canada...

Wow... Il y a tellement de lignes et de stations... Je me perdrais, c'est sûr!

Et maintenant que j'ai un peu d'argent, je vais pouvoir magasiner des trucs de *scrapbooking* et embellir un peu cet album.

J'imagine que si je demande à ma mère de m'emmener chez DeSerres, elle ne pourra pas dire non puisque c'est pour mon *scrapbook*, et ce, même si la succursale la plus proche est située à quarante-cinq minutes de route...

Bon, je vais faire de la place sur mon étagère pour mes nouveaux cadeaux. À plus!

Mon père a trouvé ce trèfle dans son portefeuille et m'a dit qu'il venait vraiment d'Irlande!

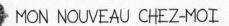

MON NOUVEAU CHEZ-MOI

J'aime vraiment mon boulot à L'Évasion. Je me sens tellement à ma place. Ça ne m'est pas arrivé souvent...

La chose que je préfère, c'est de classer les volumes par ordre alphabétique dans les rayons et découvrir les nouveautés avant tout le monde! Ç'a l'air emmerdant comme travail, mais c'est réellement passionnant. En tout cas, moi, ça me passionne! La classification me permet de me familiariser avec les titres et, plus ça va, plus je sais quels livres nous avons en magasin et où ils se trouvent, de sorte que j'ai de moins en moins besoin de l'aide de monsieur Dumas pour répondre aux clients.

Mon patron est vraiment gentil. Il m'a même laissé revamper le *setup* de sa vitrine. Je ne savais pas trop quoi y mettre, mais j'ai finalement choisi des livres associés à la rentrée scolaire (qui arrive à grands pas) et quelques ouvrages ayant pour sujet le festival annuel de Saint-Moins-Creux qui porte sur la vie fermière (j'avais dit que je restais dans un trou, non? Eh bien, incroyable mais vrai: ce festival est quand même très couru et plusieurs milliers de personnes s'y retrouvent chaque année).

J'ai apporté quelques éléments de la maison (un autobus scolaire tiré d'un vieux *set* de petites voitures de mon frère, mon ancien sac d'école, des crayons, le contenu de mon étui de l'an passé, deux de mes toutous en forme de cheval et de cochonnet et un peu de foin piqué dans un champ voisin, chuuuuut!) pour compléter le décor de la vitrine.

J'étais très fière du résultat et monsieur Dumas a semblé apprécier mon travail! Il a même accepté, à la suite du succès de ma vitrine, de me laisser monter un coin de comptoir thématique près de la caisse.

Il a convenu que son magasin pouvait paraître austère pour certains clients et a pensé que mes idées «rajeuniraient» sans doute la place. Comme monsieur Dumas ne m'a pas imposé de thème pour ce petit bout de comptoir, je m'en suis donné à cœur joie!

La voyageuse (frustrée) en moi qui adore la chaleur et le sud de la France en a donc profité pour réunir des livres sur la Provence, dont des guides de voyage, un livre de recettes, une biographie de Marcel Pagnol ainsi que quelques romans avec la Provence en *background* (merci Booknode!). J'ai ensuite «emprunté» quelques branches de lavande séchée que j'ai parsemées çà et là dans mon décor (ma mère les utilise normalement pour décorer la salle de bain) et j'ai investi trois gros dollars dans l'achat d'un sachet de pot-pourri à la lavande que j'ai dissimulé derrière les bouquins pour créer un impact olfactif.

En premier, monsieur Dumas rigolait et répétait que j'investissais peut-être trop d'efforts dans quelque chose qui passerait inaperçu auprès de sa clientèle, mais, lorsque plusieurs livres de la présentation ont trouvé preneur, il m'a encouragée à poursuivre. Je compte donc renouveler cet espace chaque semaine! Trop contente!

Oooh! Ça sent tellement bon, la lavande!

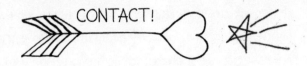

CONTACT!

Hier, tandis que je démontais le coin de comptoir afin d'installer la nouvelle thématique (cette fois-ci, j'ai mis de l'avant plein de romans pour jeunes, en insérant des petites affichettes fluos disant «Hé, c'est *cool*!», «Livre *trippant* par ici!»), la clochette de la porte a retenti. J'étais accroupie en train de ramasser une pile de livres, alors ça m'a pris quelques secondes avant de me retourner pour saluer le client qui venait de rentrer. Quand j'ai levé les yeux, j'ai vu qu'il était là.

Raphaël! (Paniiiiijiique!)

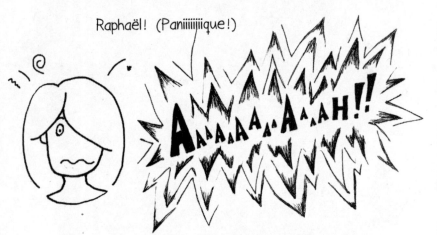

Je ne l'avais pas vu depuis la fin des classes. Son teint était un peu plus halé, ses cheveux avaient allongé et légèrement blondi (le rendant encore plus pétard! Au secours!), mais c'était bel et bien lui. Il se tenait debout dans l'embrasure et semblait vraiment figé, comme surpris de me voir là (ou d'être entré dans une librairie... par erreur?).

— Oh, salut! Je ne t'avais pas vue, a-t-il avoué avec un sourire craquant.

Je lui ai souri timidement et j'ai émis un son qui se voulait un retour de salutations (plutôt pathétique, je l'admets) alors que je m'entendais clairement hurler «AAAAAAH!» dans ma tête. Je voulais tellement m'enfuir que j'en ai presque échappé ma pile de livres devant lui. Bravo, Justine! Quelle nulle tu fais, des fois!

I love Raphaël

Bien sûr, j'étais contente de le revoir après tant de semaines, mais, en même temps, je n'arrivais pas à m'empêcher de souhaiter son départ... Pour une fois, on aurait dit que je regrettais mon invisibilité habituelle. Mais dans ce lieu restreint, mis à part les bouquins et moi, il n'y avait que monsieur Dumas dans l'arrière-boutique, alors... envolée, la cape d'invisibilité! Tu dois maintenant *dealer* avec le fait d'être vue par Raphaël, ma pauvre Justine... Bonne chance!

Mouais, merci...

Raphaël s'est approché de moi (À l'aide, quelqu'un!) en me demandant s'il pouvait me poser une question.

D'habitude, quand un client me dit exactement la même chose, je blague en répondant qu'il vient juste de m'en poser une et si la personne est sympathique, on rigole bien, mais là, avec Raphaël, je pouvais me sentir trembler et suer de partout... même des fesses! (Je sue des fesses, moi?! Je ne savais même pas que ça se pouvait!) J'ai rassemblé le peu de courage qu'il me restait et hoché la tête pour l'inviter à me poser sa question. Il m'a alors demandé conseil sur l'achat d'un livre pour l'anniversaire de sa mère. Comme je me suis beaucoup améliorée dans le domaine des suggestions, j'ai appris à interroger les clients pour obtenir des informations plus précises et les conseiller adéquatement, mais comment allais-je faire pour questionner Raphaël si je ne pouvais même pas le saluer?! Heureusement, monsieur Dumas est sorti de l'arrière-boutique sur ces entrefaites et, affable comme toujours, il a proposé son aide à Raphaël en lui expliquant que sa «fée-des-idées» (alias bibi) avait un coin de comptoir à décorer. Je n'ai même pas eu le temps de me sentir embarrassée par le surnom car, en moins de deux, je me retrouvais déjà au fond de la boutique.

Je n'arrivais pas à savoir si j'étais soulagée ou en colère contre moi. Oui, j'étais contente de redevenir (partiellement) invisible, mais je m'en voulais aussi de ne pas avoir saisi cette occasion en or!

J'ai donc continué à sélectionner des livres en faisant mine de rien, mais j'ai bien vu, à un moment donné, que Raphaël avait détourné son attention de ses achats pour mieux m'observer tandis que je prenais des livres dans la section jeunesse. Oh! Quelques minutes plus tard, il était reparti, mais cette rencontre fortuite a occupé mon esprit pour le reste de la journée. Monsieur Dumas a dû me trouver distraite!

POINTAGE

Univers = 1

Justine = -9

CHLOCK FAIT DES SIENNES

OK, sérieusement, si ce n'est pas un *alien* qui se trouve dans la tête de ma mère, c'est sûrement quelque chose d'encore plus bizarre. Et s'il n'y a rien d'étrange qui la contrôle, alors je ne comprends pas du tout ce qui peut bien se passer dans la vie de parents qui ont déjà été adolescents pour qu'ils n'arrivent pas à comprendre leurs ados! On dirait qu'ils ont oublié ou bien c'est qu'ils sont vieux et que les choses étaient tellement trop différentes dans leur temps.

Anyway, moi, je vais les comprendre, mes ados. Ce n'est pas si difficile, il me semble: tout pour eux est une question de réputation et d'image!

Bon. Je reprends du début...

Amandine – ma voisine un peu hippie sur les bords – s'avère plutôt populaire à l'école (surtout auprès des gars). Hier, elle est venue cogner chez nous pour me dire qu'elle préparait un *party* pour son anniversaire (elle s'y prend un peu d'avance parce que, habituellement, à sa fête, on recommence l'école, tandis qu'il reste encore deux bonnes semaines avant la rentrée des classes).

Je ne sais pas trop pourquoi elle m'a invitée (peut-être qu'elle s'est souvenue qu'on jouait ensemble quand on était petites et elle s'est sentie nostalgique), mais je m'en fiche bien, je VEUX y aller. J'ai demandé si Ana pouvait venir aussi et Amandine a accepté.

C'est un *Party* !

Pour l'anniversaire d'une personne super!

Date 17 août
Heure Dès 17 h. jusqu'à ...
Adresse 33, des Camélias
Hôte(s) Amandine Thériault
N.B. : On se fera livrer de la pizza
R.S.V.P. amand.pnl@hotmail.com

69

Aujourd'hui, j'étais vraiment hyper contente et excitée à l'idée d'aller au *party,* car je me doutais bien que la plupart des étudiants de la ville de Saint-Creux y seraient, y compris le beau Raphaël Tremblay-Jutras.

Ana est venue chez moi dans l'après-midi et on s'est préparées. J'ai mis la belle jupe que mon père m'a achetée en Écosse et j'ai utilisé la trousse de maquillage que ma tante Nancy m'a donnée quand je suis entrée au secondaire. (Ma mère a failli faire une syncope à l'époque quand elle a aperçu le cadeau! Elle jugeait que j'étais «trop jeune», qu'il y avait «plus important dans la vie», et patati, et patata. Finalement, ma tante Nancy a réussi à faire en sorte que je puisse garder la trousse.) J'avoue que je n'avais jamais utilisé de maquillage avant (je suis pas mal en retard sur bien des affaires que les filles de mon âge connaissent déjà, comme les *chums* ou les menstruations…), mais Ana m'a aidée. Sa mère est vraiment *cool* avec le fait que sa fille grandisse et elle lui a appris à se maquiller il y a, genre, dix ans de ça! Bon, j'exagère, mais c'est pour montrer à quel point ~~ma mère~~ Chlock peut se montrer arriéré des fois.

Anyway, je raconte tout ça pour expliquer à quel point ce *party* était important pour moi. Mais, à la dernière minute, ma mère a «sauté sa coche» à cause d'un tout petit léger détail: j'avais un peu omis de demander la permission. OK, j'ai oublié, mais ce n'est pas une raison pour déclencher la Troisième Guerre mondiale! Voyons, la fête est juste à côté, chez notre VOISINE! Et puis, c'est un peu normal que j'aie oublié de demander l'autorisation de sortir parce que ça doit bien faire sept ans que je n'ai pas eu à obtenir l'accord de mes parents pour aller chez Amandine, alors pourquoi disjoncter de même!? Surtout aujourd'hui!

Après ce premier plomb pété chez ma mère, ç'a déboulé! Soudainement, tout était devenu grave: ma jupe était trop courte, mon maquillage, trop «pute» (bon, elle n'a pas prononcé ce mot, mais c'est ce que ça voulait dire!), blablabla. Mon père a bien essayé de calmer ma mère, mais c'était comme si une partie de son cerveau avait explosé! Il n'y avait pas moyen de l'arrêter! J'étais *full* gênée de me faire engueuler comme ça devant Ana!

À la fin, ma mère m'a interdit d'aller au *party* et elle s'est réfugiée dans sa chambre en claquant la porte. Mon père m'a regardée, l'air de dire: « Je n'ai aucune idée de ce qui vient de se passer. » C'est trop injuste! Tout le monde sera là! Mon absence ruinera sûrement le peu de réputation que j'avais et Raphaël passera probablement la soirée avec Andréa ou Isabelle ou je ne sais qui d'autre encore!

Après la crise de ma mère, Ana tentait de dissimuler son air hyper embarrassé. Je la comprends trop! Ça m'aurait dérangée autant si j'avais dû assister à l'explosion de sa mère! (Mais ça ne risque jamais d'arriver parce que sa mère à elle est tellement *chilll*...) Ana s'est excusée (comme si ce qui venait de se produire était de sa faute...) et a décidé de rentrer chez elle. De mon côté, je suis montée à ma chambre et j'ai claqué la porte, moi aussi.

Et là, j'attends que ma mère vienne me demander pardon...

C'est long, par contre...

J'ai entendu mon père la rejoindre il y a une dizaine de minutes, mais, comme leur chambre est à l'opposé de la mienne, je n'entends pas ce qu'ils se disent là-dedans. Au moins, ça ne crie pas...

Et je commence à avoir faim, en plus...

Quand je pense qu'on était censés se commander de la pizza chez Amandine... Je sais que c'est con, mais j'étais *full* contente à l'idée de pouvoir payer ma part avec mon propre argent...

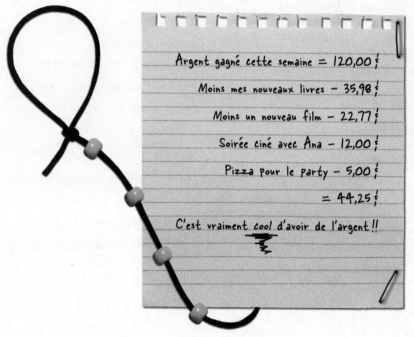

Argent gagné cette semaine = 120,00 $

Moins mes nouveaux livres – 35,98 $

Moins un nouveau film – 22,77 $

Soirée ciné avec Ana – 12,00 $

Pizza pour le party – 5,00 $

= 44,25 $

C'est vraiment *cool* d'avoir de l'argent !!

Oh! On frappe à ma porte.

*

**VA à GO
RÉCLAME UNE
ALLOCATION DE 2 $**

Chance!!! Votre père se mêle d'une querelle entre vous et votre mère. Pilez sur votre orgueil et gagnez une soirée de sortie!

Bon, ma mère est venue s'excuser... Enfin, un genre d'excuse. Elle ne m'a pas fait l'honneur d'un «Je m'excuse, Justine» comme tel, elle m'a simplement expliqué pourquoi elle avait capoté. Du moins, elle a essayé de me faire comprendre, mais je ne saisis toujours pas. Selon elle, son énervement était lié au fait que je grandis trop vite, que je devrais profiter de mon enfance davantage, que je devrais apprendre à me montrer plus responsable, etc. Bref, elle s'est excusée en me laissant entendre que sa réaction était de ma faute. (Sérieux, je ne comprendrai jamais rien à ma mère...) J'ai décidé de ne rien ajouter à son monologue vu que, au final, je me doutais qu'elle me donnerait le feu vert pour aller au *party*; mon père avait sûrement négocié en ce sens. Vive la culpabilisation entre père et mère!

Mais là, je viens de rentrer et il est tard. Je dois encore prendre ma douche (les gens fumaient autour de moi et je sens la boucane de cigarettes, beurk!). Donc, je vais me laver et dormir, puis je relaterai ici le *party* quand je me lèverai. Bonne nuit!

LE *PARTY* DU SIÈCLE...
OU DE L'ANNÉE, DU MOINS

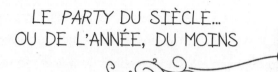

Cher journal,

Bon, c'est bien la première fois que je commence une entrée de cette façon, mais je suis tellement contente que ça m'apparaît comme un moment de «Cher journal». Le *party* s'est super bien passé! Ça fait déjà deux jours qu'il est terminé (je n'ai pas pu écrire plus tôt, désolée) et je n'arrive toujours pas à descendre de mon nuage: j'ai finalement osé parler à Raphaël! Je ne sais pas si c'était le maquillage, la jupe, le fait que je détienne un emploi et que je me sente plus adulte ou bien les deux verres du punch à la chlorophylle d'Amandine, mais j'ai réussi à amasser assez de courage pour lui répondre quand il m'a abordée, et ce, sans m'enfuir après. Enfin!

Ça doit bien faire au moins sept ans que j'ai un *kick* sur lui... On a passé la moitié du primaire et tout notre secondaire dans la même école, mais je n'ai jamais osé lui parler pour vrai avant (les gargouillis que j'ai émis lors de sa visite à la librairie ne comptent pas); je le trouve tellement beau qu'il m'intimide beaucoup trop! Déjà, au primaire, c'était l'enfer, mais, au secondaire, il est devenu encore plus beau et plus *hot* alors que j'avais l'impression de m'enfoncer de plus en plus dans l'ombre et la transparence. Là, c'est devenu un million de fois pire. Mais revenons au *party*.

Je suis arrivée là un peu après tout le monde (évidemment) à cause de la crise de ma mère. Les invités avaient déjà commandé la pizza, mais Amandine a été correcte et m'a offert deux pointes de sa part.

Je me suis servie d'un morceau de la boîte comme assiette...

Comme Ana n'était pas présente à la fête, je ne savais pas trop quoi faire et n'avais personne à qui parler. Je me sentais plutôt déplacée et j'avais l'impression que tout le monde m'observait et riait de moi dans mon dos. Je suis devenue soudainement très consciente de mon corps. Je ne savais pas quoi faire de mes mains ni comment m'asseoir ou me tenir debout alors que j'essayais tant bien que mal d'avoir l'air nonchalante et un peu *sexy*.

Je connaissais tout le monde (vu que tout le monde se connaît à Saint-Creux et que les élèves en provenance de Saint-Moins-Creux n'avaient pas reçu d'invitations à la fête), mais il n'y avait personne avec qui je discutais régulièrement. Mes amis n'avaient pas été invités à ce *party* de *cools*, et ce, même s'ils sont tous de Saint-Creux. Ce doit être parce que ma *gang* est plutôt considérée comme *nerd*...

Bref, la soirée a commencé dans l'inconfort le plus total. Amandine s'en est aperçu et elle a sûrement eu pitié de moi (ou bien elle voulait montrer à tous à quel point elle possède un grand cœur ou souhaitait faire fondre les gars davantage, je ne sais pas). Toujours est-il qu'elle est venue me voir et m'a jasé un brin. Elle m'a fait goûter à son punch qui, une fois qu'on a passé par-dessus l'étrange couleur verdâtre, n'était pas si mal. Après le premier verre, je me suis tout de suite sentie plus à l'aise et ça a dû paraître car des gens sont venus me parler. J'ai même dansé un peu avec quelques gars de la *gang* des *cools*! C'était vraiment génial! Pour la première fois de ma vie, j'avais le sentiment d'être super attirante et spéciale. Ce n'est pas rien pour une fille qui a souffert d'invisibilité toute sa vie!

Même si j'avais du plaisir, je ne cessais de me morfondre en-dedans en espérant que survienne un cataclysme ou une intervention divine qui me permettrait de me rapprocher du coin où Raphaël se tenait. Il gardait les mains dans ses poches et avait l'air tellement décontracté et à son aise... J'aurais vraiment aimé qu'Amandine joue les entremetteuses, mais disons qu'elle en avait déjà fait amplement pour moi!

Je jetais constamment des coups d'œil que j'espérais «discrets» dans la direction de Raphaël, et il arrivait parfois que nos regards se croisent, mais je détournais aussitôt les yeux pour ne pas qu'il pense que je le fixais ouvertement.

Je me faisais peut-
être des idées, mais...
j'avais comme l'impression
qu'il m'observait lui aussi.
Ou peut-être qu'il y avait
quelque chose de croche
chez moi qui le dérangeait?
Genre: « Elle a quelque
chose entre les dents, il
faudrait bien que quelqu'un
lui dise... »

Vers 23 h 30, j'ai
remarqué que plusieurs
convives (mot nouveau du
jour que je cherchais à
caser quelque part – mission
accomplie!) avaient quitté la
fête. Moi, j'aurais voulu que
cette soirée ne se termine
jamais, mais il me fallait
respecter le couvre-feu.
Ma mère m'avait accordé la
permission de veiller jusqu'à
minuit (comme Cendrillon),
et je savais que si je
dépassais cette heure, j'en
entendrais parler.

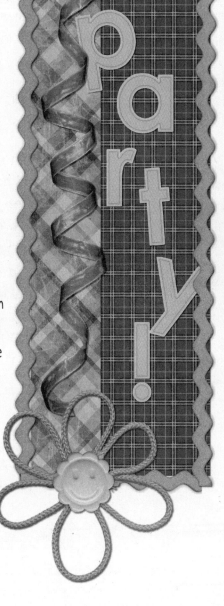

Je sais que Chlock a la mémoire longue et que ma mère me reprocherait sûrement un tel écart lors de ma prochaine sortie. J'ai donc opté pour le départ, moi aussi, et je saluais un par un les gens qui étaient venus me parler durant la soirée lorsque Daphnée – une des filles les plus *cools* de l'école – s'est approchée de moi pour me chuchoter:

— Raphaël m'a dit qu'il commençait à avoir un petit *kick* sur toi.

Hein? D'où ça sortait, ça? Est-ce que, comme je le craignais/espérais, mon secret s'était ébruité et Daphnée s'en servait maintenant pour m'embêter? C'est qu'elle peut être vraiment vénéneuse, celle-là! Je connais Daphnée depuis la maternelle et elle n'a jamais fait autre chose que me mentir et me ridiculiser dès qu'une occasion se présentait.

Pour ne pas perdre la face, j'ai juste répondu:

— Ah.

— Me crois-tu? a-t-elle demandé ensuite.

— Non, ai-je rétorqué du tac au tac.

Sur le coup, j'étais (et le suis toujours) extrêmement fière de ma réplique. Genre: «Tu m'as toujours menti alors, maintenant, je ne te crois plus, menteuse. » Et paf! C'était vraiment *cool* comme sensation. Comme une mini vengeance. Mais ce que je ne savais pas, c'était que, pour la première fois, elle me disait la vérité!

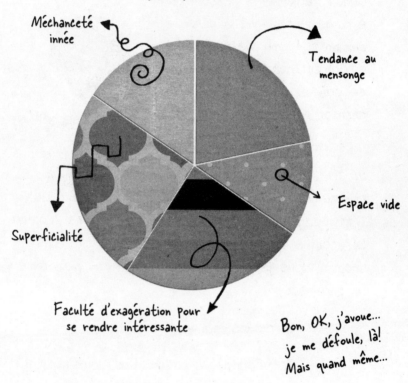

COMPOSITION DE LA PERSONNALITÉ
DE DAPHNÉE THIBAULT

Méchanceté innée

Tendance au mensonge

Espace vide

Superficialité

Faculté d'exagération pour se rendre intéressante

Bon, OK, j'avoue...
je me défoule, là!
Mais quand même...

À la fin de mon tour de salutations, je me suis dirigée vers la porte (de la cour, car Amandine-la-fille-de-la-nature n'organise que des *partys* extérieurs) et Raphaël m'a rattrapée.

— Justine, attends!

J'aurais reconnu sa voix n'importe où, n'importe quand. J'ai figé un moment avant de me retourner lentement. Il accourait vers moi. La lumière tamisée du feu de joie lui donnait des airs mystérieux. Ses cheveux mi-longs volaient en vaguelettes châtaines derrière lui et ses beaux yeux verts ressortaient étrangement malgré la pénombre ambiante. Si ma vie était un film, le moment aurait été représenté en *slow motion* avec une belle chanson romantique en *background*.

En temps normal, j'aurais bégayé un truc et je serais partie rapidement, mais là, comme je venais d'avoir cette «discussion» avec Daphnée, je me sentais légèrement en colère (contre lui? contre moi? contre Daphnée? Je ne sais pas trop...), alors je lui ai répondu sur un ton peut-être un peu sec:

— Qu'est-ce qu'il y a?

— Je voudrais te parler. T'as deux minutes?

— Ben, je m'en allais, là, tsé, ai-je répliqué en désignant la porte.

(Je me suis super impressionnée sur le coup de pouvoir aligner deux mots devant lui. Sérieusement, j'ai mis une fraction de seconde à réaliser ce qui était véritablement en train de se passer. Il a dû me trouver bizarre...)

— Je voulais juste savoir ce que Daphnée t'a dit à propos de moi, a-t-il insisté.

— Des niaiseries, évidemment. Tout ce qu'elle sait faire, c'est mentir.

— Ah... Parce qu'elle m'a dit qu'elle t'avait révélé que je commençais à avoir un petit *kick* sur toi.

— Mouais. Pis?

— Pis... ben... c'est pas des niaiseries.

Pincez-moi quelqu'un... !!! ...

Là, il m'a fallu un bon gros moment pour assimiler les paroles de ce beau gars debout en face de moi. Je ne savais *vraiment* pas quoi répondre. Heureusement, il a vite enchaîné:

— Ça te tenterait d'aller au cinéma avec moi, à un moment donné?

— Euh... OK, ai-je bredouillé.

Tout content, il a mis fin à notre échange (fiou! je m'apprêtais à gâcher ce moment avec mes questions existentielles *pas rap*, genre «pourquoi moi?»):

— *Cool!* Je t'appellerai, a-t-il promis. Bonne soirée!

Puis il est reparti vers le *party* et je suis rentrée chez moi sans trop m'en rendre compte, en flottant à quelques centimètres au-dessus de la route, l'esprit embrouillé. (Une chance que je reste à une minute à pied! S'il m'avait fallu croiser une voiture de police, on m'aurait certainement interceptée tant je devais avoir l'air saoule ou droguée...!)

Quand je suis arrivée à la maison, j'ai pris ma douche et je suis allée me coucher, mais je ne suis pas parvenue à m'endormir avant, genre, trois heures du mat tellement j'analysais les évènements. Je ne pouvais m'empêcher de tourner et retourner chaque bribe de notre conversation dans ma tête pour tenter d'en tirer du sens. Le lendemain, même chose. Plus j'y pensais, plus je me disais que je me faisais sûrement niaiser... jusqu'à ce qu'il m'appelle en soirée! Il voulait savoir si j'étais toujours intéressée par un ciné et m'a demandé s'il pouvait passer me chercher mardi vers 19 h 30 (les mardis sont les soirées à moitié prix au cinéma de Saint-Moins-Creux).

J'ai fait semblant que j'entendais sonner l'autre ligne et j'ai couvert le micro du téléphone avec ma main. J'ai demandé la permission à mes parents à voix basse. Ma mère n'avait pas trop l'air d'accord, mais mon père a affiché un grand sourire et a levé ses deux pouces en l'air. Il est vraiment *chill*, mon père... J'ai donc accepté le rendez-vous, mais je dois admettre que j'avais encore des doutes par rapport aux intentions réelles de Raphaël.

Oh! Ana est à la porte. Il faut que je lui raconte tout, tout, TOUT! Je reviens plus tard!

Les mardis

CAPITOL CINEMA

Tous les films à l'affiche sont à 1/2 prix*

* Valable sur le prix d'entrée régulier. Ne peut être jumelé à aucune autre promotion.

Capitol Cinéma, 120, rue Principale, Sainte-Ernestine, QC, G0Z 1P7
www.capitolcinemasteernestine.com

J'ai trop hâte !!

Ana et moi avons passé toute la soirée d'hier à faire le tour des dernières nouvelles! Au début, elle était un peu déçue d'avoir manqué le *party* du siècle, mais a fini par avouer que, si elle avait été présente, peut-être que Raphaël n'aurait pas osé m'aborder comme il l'a fait (déjà que c'est gênant de dévoiler ses sentiments à quelqu'un, c'est encore pire devant des témoins!). Elle est vraiment perspicace, ma *best*.

Après s'être installée à plat ventre sur mon lit, un coussin calé sous les bras, Ana m'a fait lui raconter dans les moindres détails chaque seconde du *party* afin de déceler un quelconque plan malveillant qu'on aurait pu tramer à mon intention. Quand elle a été rassurée sur ce point, elle s'est aussitôt enthousiasmée à la puissance mille et s'est mise à me donner tout plein de recommandations (dont certaines un peu loufoques que je ne compte pas suivre, mais bon...).

Voici les questionnements qui ont occupé nos pensées:

1. Devrais-je modifier ma coupe de cheveux pour le grand jour? Ana est formelle sur ce point: absolument pas! Selon elle, la frange qui fatigue tant ma mère est ravissante. Je ne dois pas changer de tête! En plus, si je changeais et que Raphaël n'aimait pas ma nouvelle coupe, de quoi j'aurais l'air? Ça mettrait drôlement en péril le succès de notre premier rendez-vous, n'est-ce pas?

Cette réflexion en a amené une autre:

MA ❤ BEST

c'est la meilleure !!!

2. Qu'est-ce que Raphaël me trouve d'intéressant, tout d'un coup? Comme elle m'aime un peu trop, Ana ne m'était pas tellement d'une grande utilité pour éclaircir ce point.

Entre autres, elle disait apprécier mon sens de la justice (je ne crois pas que ça attire les gars), mon talent pour aligner les mots (Raphaël n'a jamais eu l'occasion de lire un de mes textes, donc je doute fort que ce soit ça), le fait qu'elle peut toujours compter sur moi pour l'écouter (c'est vrai que je suis toute oreille et épaule, mais est-ce suffisant pour séduire un gars?) et que je suis quelqu'un de timide (Ana croit que ma gêne peut me donner un petit air mystérieux). Mouais, je ne sais pas... Je crois sincèrement que ç'a comme un peu à voir avec notre rencontre à la librairie. Peut-être que cette belle coïncidence lui a permis de me voir sous un jour nouveau... C'est vrai que ça fait sérieux, comme boulot. Il aime peut-être les filles intellectuelles, qui sait?

3. Est-ce que Raphaël a été mis au défi? Bon, j'avoue, Ana et moi regardons sans doute un peu trop de films... mais cette pensée nous a effleuré l'esprit. Un des amis de Raphaël l'aurait-il mis au défi de sortir avec moi dans le but de me

ridiculiser? Possible selon Ana, improbable selon moi (même si je le connais peu, je sais qu'il n'est pas du genre à se moquer des autres).

Quand même, cette question me chicote... Il est plutôt rare, au secondaire, que les gars s'intéressent à des filles qui ne font pas partie de leur *gang*. (Raphaël et moi, on n'est pas du tout dans la même classe sociale!) C'est vrai que je me trouvais, ce soir-là, dans un *party* de la *gang* des *cools*, après tout. Il a pu penser que j'avais changé de statut pendant l'été et que je ne me tenais plus avec les *geeks*. Je préfère toutefois croire qu'il n'est pas aussi superficiel et qu'il ne se laisse pas influencer par ses amis. Aaaaaaah, il va me rendre folle avec tous les questionnements qu'il m'impose, lui! Passons à autre chose...

Que devrais-je porter? Ana et moi avons pris le reste de la soirée pour regarder mes vêtements et me trouver un kit pour ma grande soirée. Nous avons fini par choisir une jupe *cute* que j'ai achetée l'an passé, mais qui est restée dans le fond de mon tiroir faute d'avoir une occasion spéciale pour la porter. Ana la trouvait tellement chouette qu'elle m'a même demandé si elle pouvait l'emprunter un jour.

Le hic, c'est qu'une fois Ana partie, je me suis souvenue que Raphaël comptait m'emmener au cinéma en *scooter*, alors je ne veux vraiment pas vivre une expérience traumatisante (genre, ma jupe qui se roule lentement sur mes cuisses en chemin et, une fois devant le ciné, tout le monde peut voir ma culotte!!). OK, c'est peut-être exagéré comme scénario, mais je rappelle que j'ai un rendez-vous avec RAPHAËL demain alors j'ai toutes les raisons de paniquer!

Bref, me revoilà à la case départ. Je ne comprends toujours pas POURQUOI il m'a enfin remarquée, et j'ignore quoi porter!

PREMIER RENDEZ-VOUS

Alors, je reprends là où j'avais arrêté la dernière fois: mon fameux rendez-vous avec Raphaël. Mon tout premier rendez-vous à vie!!!

J'avais pris la journée pour me préparer (côté vêtements, j'ai finalement opté pour un jeans et un t-shirt que je trouvais *cool*) et je l'attendais avec impatience depuis une heure en épiant par la fenêtre de ma chambre quand je l'ai vu stationner son bolide dans notre entrée. Il est ensuite descendu avec assurance en retirant son casque, puis s'est dirigé vers la porte avec le sourire. J'ai cru que j'allais fondre en apercevant son visage s'illuminer de la sorte juste pour moi!

J'ai dévalé les marches, lancé un «OK, bye là!» expéditif à ma famille, puis ouvert la porte avant même que Raphaël puisse cogner. Il a eu l'air un peu surpris, mais s'est aussitôt ressaisi en me tendant le casque qu'il me fallait enfiler.

Nous sommes montés sur son *scooter* (ma première balade du genre! Ça me faisait tout drôle de me serrer contre lui dans les virages...) et il m'a emmenée au cinéma «en ville» (enfin, c'est comme ça qu'on surnomme Saint-Moins-Creux ici – rien à voir avec Montréal ou Québec, là). À destination, il a proposé qu'on aille voir le dernier «Batman». J'ai accepté même si je n'avais pas vu les deux premiers opus (quand on a une *date* avec Raphaël Tremblay-Jutras, on ne se soucie pas réellement du film qu'on ira voir).

J'avais attaché mes cheveux avec des élastiques comme ceux-ci

Tarif étudiant 50 $

Nos billets

Raphaël m'avait remis son billet car il tenait le sac de popcorn...

Dans le ciné, Raphaël nous a acheté un *popcorn* (à partager, youpi!) et chacun un breuvage. Puis on a fait la longue file pour pénétrer dans la salle. Avoir su qu'on irait voir le film le plus populaire de l'été, je me serais arrangée pour qu'on arrive un peu plus tôt au cinéma parce que là, on s'est retrouvés loin dans la file d'attente et je me doutais bien que, quand viendrait le temps de choisir nos sièges, il ne resterait plus que les deux premières rangées et nous serions obligés de nous donner un torticolis pour regarder l'écran pendant deux heures et demie. (Je n'étais pas loin de la vérité...)

Tandis que je faisais la file accompagnée de Raphaël, la nervosité (que j'avais presque réussi à chasser) est retombée sur moi comme une tonne de briques. BANG! Je venais de constater que, jusque-là, quelques échanges anodins (genre: «Tiens, mets un casque», «On va voir ce film-là», «Veux-tu du *popcorn*?», etc.) nous avaient évité de ressentir une quelconque gêne. Mais, maintenant que le choix du prochain sujet de conversation retombait entièrement entre nos mains, je sentais la panique monter en moi. De quoi allais-je bien pouvoir lui parler? Le *buzz* du punch à la chlorophylle d'Amandine s'était évanoui depuis longtemps et ma recherche d'une source intérieure de bravoure s'était soldée par un échec!

De plus, je réalisais soudainement où j'étais et surtout avec QUI j'étais...

De son côté, Raphaël ne semblait pas trouver la situation troublante, mais il se regardait les pieds ou prêtait attention aux affiches des films à venir plutôt que de me filer un coup de main et d'entamer une discussion.

J'ai donc rapidement échafaudé un plan d'évasion temporaire et prétexté devoir aller à la salle de bain. En vérité, je voulais seulement bénéficier de quelques minutes de solitude pour

Ma première balade en scooter.

me calmer et rassembler suffisamment de courage pour *oser* parler à celui qui m'avait invitée. Trop ridicule, *right*? Je me rappellle tellement m'être dit des trucs, genre: «*Come on*, Justine! Dis quelque chose! C'est pas difficile! Des mots, n'importe quoi! Non! Non, il faut trouver un sujet intéressant... Faut surtout pas que je passe pour un bébé! Ou, pire encore, une cruche!» Le résultat de ma petite séance de *pep talk*? Je me suis peut-être un peu éternisée dans les toilettes car, quand je suis finalement ressortie, les employés du cinéma avaient ouvert les portes de notre salle et les gens y entraient. J'ai rapidement cherché Raphaël des yeux et je l'ai repéré dans la file qui avançait... en compagnie de Mérédith et Isabelle. (Deux filles hyper pitounes de mon école. Elles sont pareilles; elles rient toujours en même temps avec la même petite voix fatigante... on dirait des poupées attardées fabriquées à la chaîne.)
Vraiment pas *cool*!

Le cœur m'est soudainement tombé dans les talons, mais j'ai quand même décidé d'afficher un sourire charmant en rejoignant MA *date*. Mérédith et Isabelle se sont glissées derrière nous dans la queue

C'est tellement vrai!

et, évidemment, lorsque nous avons choisi nos sièges dans la troisième rangée, elles sont venues s'asseoir juste à côté de Raphaël. Je bouillais de colère! (Sérieux, j'étais capable de sentir mes oreilles rougir tant la rage faisait monter ma pression artérielle!) Étaient-elles venues au cinéma dans le but de nous espionner ou s'agissait-il réellement d'un pur hasard? Je ne pouvais m'empêcher de pencher vers la première option... À moins qu'elles se trouvaient là pour essayer de me ravir Raphaël!

Je ne leur ai pas parlé une miette. En fait, je n'ai pas adressé la parole à Raphaël non plus puisqu'elles ne cessaient de l'aborder avec tout plein de sujets niaiseux. Et lui répondait à chaque fois, super poliment... (Finalement, j'aurais pu discuter de n'importe quoi avec lui, c'aurait déjà été mieux que ce que ces deux nunuches lui racontaient!) J'ai donc passé les sept plus longues minutes de ma vie à manger du maïs soufflé et à attendre les *previews*. Quand enfin les lumières se sont

tamisées, je me suis dit
que j'aurais au moins
l'occasion de me
concentrer sur autre
chose que sur ma
haine envers ces deux
idiotes qui venaient
gâcher ma première *date*
ever avec leur babillage.

Heureusement, pour me changer les idées, il y avait des films intéressants dans les *previews* (dont *Le Hobbit* que je ne manquerai CERTAINEMENT pas d'aller voir en salle, quitte à me payer un taxi pour me rendre au cinéma s'il le faut! J'ai de l'argent de poche en masse, maintenant!).

Puis, les lumières se sont complètement éteintes dans la salle, pleine à craquer. Et à Saint-Moins-Creux (comme ailleurs, j'imagine), quand tu vas voir le film le plus populaire au *box-office* lors du soir le moins cher de la semaine, le cinéma est toujours bondé de jeunes en *gang* qui trouvent ça *cool* de crier «Wooouuh!» quand les lumières s'éteignent et de jouer avec leur pointeur laser ou leur téléphone cellulaire. (Roulement d'yeux de ma part. Et c'est moi qui crains de passer pour un bébé?!)

Anyway, le film a enfin commencé et, dès la première image, mon cœur a failli s'arrêter. Pas à cause du film. Non. Mais parce que Raphaël avait passé son bras gauche autour de mes épaules! Un *move* vieux comme la Terre, mais, au moins, il l'a fait sans l'accompagner d'un faux bâillement stupide comme on le voit dans certaines scènes classiques de films. Il m'a demandé à voix basse si ça me dérangeait qu'il mette son bras là et je crois que j'ai bredouillé un «non, non» rapide avant de faire semblant de me plonger dans le film. Mais, la vérité, je peux bien la dire ici: je ne saurais pas relater l'histoire qui se déroulait sur l'écran, même aujourd'hui! (J'ai bien quelques vagues images en tête, mais rien de défini.) Je n'arrivais à penser qu'à une seule chose: «Raphaël Tremblay-Jutras a son bras sur mes épaules!» Et il l'a laissé là jusqu'à la fin!

Je ne me rappelle même pas avoir grignoté du *popcorn* après les bandes-annonces et j'ai été surprise de m'apercevoir à la fin du film que je tenais pourtant un sac vide. Quand le générique est apparu, j'ai agrippé le sac en question et ma bouteille d'eau (encore pleine!) d'une main et je me suis levée. Raphaël a fait de même. Il a poliment donné congé aux deux nunuches, a pris ma main libre (!!!!) et m'a guidée à travers les douzaines de spectateurs qui sortaient de la salle. Je ne suis pas très grande et je me suis convaincue qu'il ne faisait ça que pour ne pas me perdre dans la foule mais, même en sortant de là, il n'a pas lâché ma main jusqu'à ce qu'on arrive devant son *scooter*. Là, il a enfilé son casque et s'est mis à déblatérer sur le scénario du film, les effets spéciaux et le jeu des acteurs (enfin, peut-être qu'il en parlait avant aussi, mais j'avoue ne pas m'en souvenir tant son contact m'avait ébranlée!). Quand il m'a tendu le second casque, je me suis rendue compte que je tenais encore le sac de maïs soufflé vide!

Voici le sac... Nos mains se sont touchées à plusieurs reprises en partageant le popcorn!

À chaque fois, mon cœur redoublait de vitesse!

Je me suis dépêchée de l'enfoncer dans la poche de ma veste, trop mortifiée. Je suis tellement dans la lune, des fois! Il ne s'est heureusement aperçu de rien. L'instant d'après, il m'a demandé de lui refiler ma bouteille d'eau et l'a rangée dans le compartiment de voyage de son *scooter*. On est ensuite repartis vers Saint-Creux, où il m'a déposée devant ma porte avant de me souhaiter bonne nuit. C'était une soirée vraiment parfaite! Sans guet-apens, sans malice, contrairement à ce que je craignais au départ.

Bon, pour être totalement honnête, j'aurais aimé qu'il m'embrasse... (Même un tout petit bec sur la joue, ça aurait été correct!)

J'étais prête, au cas où...

Et j'aurais aussi aimé qu'on ait le temps de se parler un peu plus, d'apprendre à se connaître pour de vrai. Mais à part ça (et les deux espionnes), mes attentes ont largement été comblées.

Toutefois, comme je n'ai jamais eu de *chum* avant (sauf quand j'avais huit ans et demi, mais ça ne compte pas; c'est tellement con, à cet âge-là, les histoires de chum/blonde), je ne sais pas trop comment réagir maintenant. Je n'ose pas lui téléphoner (je ne veux pas avoir l'air de la fille désespérée qui s'accroche à l'illusion qu'une soirée au cinéma avec Raphaël Tremblay-Jutras signifie l'amour fou), mais j'ai peur aussi que, si je ne l'appelle pas, il pense que ça ne m'intéresse pas de poursuivre cette relation. Après tout, c'est lui qui a fait les premiers pas, et je n'avais pas l'air de la fille la plus excitée du monde quand il m'a proposé une sortie au cinéma.

Ana m'a conseillée de dormir là-dessus et je crois que c'est ce que je vais faire. Je peux bien laisser passer une ou deux journées avant de l'appeler... Bon, je vais réfléchir à tout ça.

À plus tard!

J'AI CRAQUÉ

J'ai appelé Raphaël. J'avoue que je ne savais pas trop de quoi j'allais lui parler au juste, mais il me fallait passer à l'action. (De plus, Ana n'en pouvait plus de m'entendre, le sujet m'obsédait vraiment ! On a passé une journée complète à évaluer tous les scénarios possibles et à improviser des amorces de dialogue potables. Pauvre Ana… Le nom « Raphaël » doit lui sortir par les oreilles maintenant !)

Quand il a répondu, je ne lui ai même pas laissé le temps de dire « oui allô » que, déjà, je proposais qu'on fasse quelque chose ensemble… et il a accepté ! Je ne savais pas du tout où nous pourrions aller (je suis une novice, ne l'oublions pas !), alors je lui ai demandé de choisir un endroit.

Il a proposé le *skatepark*.

C'est moi qui ai découpé les figures des skaters, à partir de modèles que j'ai trouvés sur Internet. Cute, non ? Je suis assez fière de moi !

Le *skatepark*...

Il n'y a pas énormément de choses à faire à Saint-Creux, alors beaucoup d'ados se retrouvent là pour discuter, faire du *skate* et bien d'autres affaires avec lesquelles je ne suis pas trop à l'aise... Pour une fille comme moi, le *skatepark* constitue un peu un genre de temple tabou: on sait où il se trouve, on sait qui le fréquente régulièrement et on connaît toutes les rumeurs au sujet de ce qui s'y passe... mais très peu d'entre nous y sommes déjà allés.

C'est un peu comme dans le temps des Romains: les préfets et les nobles organisaient des orgies dans leurs riches demeures et s'amusaient toute la nuit alors que le pauvre peuple dormait quelques heures avant de reprendre le travail. Moi, je suis du petit peuple. Et Raphaël et sa *gang* sont clairement des préfets. (Note à moi-même: ne pas mentionner cette comparaison à quiconque, surtout pas aux jeunes qui se tiennent au *skatepark*! Des plans pour manger une volée!) C'est donc avec une certaine excitation – mais aussi une claire appréhension – que j'attends maintenant notre deuxième *date* qui aura lieu dans deux jours (samedi). Je saurai enfin comment c'est pour de vrai au *skatepark*. Mais est-ce que je me sentirai à l'aise et intégrée ou, au contraire, comme le vilain petit canard dans la cour des cygnes?

J'ai peur, j'avoue...

PRÉPARATIFS

C'est ce soir, mon deuxième rendez-vous avec Raphaël. J'ai appelé Ana au secours... Comme d'habitude, quand je suis paniquée, elle rapplique à la vitesse de l'éclair. Elle est vraiment *cool*... Des fois, j'en veux à ma mère de m'avoir donné un monstre de petit frère au lieu d'une sœur mignonne et gentille... Mais bon, je me console en pensant à la chance que j'ai eue de trouver Ana.

On a commencé par choisir ce que je porterais. On a opté pour un *look* un peu plus *skater* (concept, hein?), mais quand même féminin. Ana m'a prêté un de ses t-shirts vraiment *hot* affichant une phrase sarcastique (ça dit: « *You can either agree with me or be wrong* » ou plutôt « Tu peux soit être d'accord avec moi, soit avoir tort. » Moi, ça me fait trop rire!) et on a dépoussiéré mes vieux pantalons style cargo que je portais en secondaire 1 (je n'ai pas trop grandi depuis... malheureusement. Ou heureusement pour cette fois!). Je sais que ce n'est pas trop la mode en ce moment, les cargos, mais je déteste honnêtement et profondément les *leggings*. Je me sens toute nue là-dedans. Tout le monde peut voir ce qu'il y a en dessous! Pas trop mon genre...

Horrible!

Vraiment pas mon genre!

Et puis, comme je ne suis pas très grande et qu'ils ont une coupe ample, mes cargos me donnent vraiment un *look* hyper *cute*, *cool* et *sexy*! J'aime beaucoup ça.

On a opté pour un maquillage discret, sauf pour le crayon noir autour de mes yeux qui me vieillit un peu. J'ai l'air d'une *skateuse* de dix-sept ans. Je suis assez fière de ce que me renvoie le miroir en ce moment, j'avoue. Et ça me donne confiance, donc c'est bon.

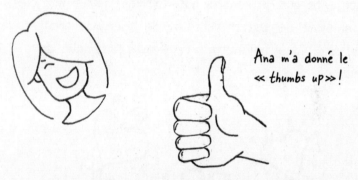

Ana m'a donné le « thumbs up » !

Il ne reste plus qu'à essayer d'avaler une bouchée ou deux du souper préparé par ma mère – et ce, malgré mes nœuds dans l'estomac – et à attendre que Raphaël vienne me chercher tantôt. Pourvu que je tienne jusque-là sans vomir de panique... Au moins, Ana a promis de rester avec moi jusqu'à ce qu'il arrive. Ça me rassure de la savoir là... Ça me fait quelqu'un à qui parler de ce que je ressens.

Oh! Ana a fini de téléphoner à ses parents pour leur dire qu'elle soupait ici. Je continuerai plus tard, avec les détails de ma soirée...

OH. MY. GOD!

Raphaël m'a embrassée! Pour de vrai, là! Pas un petit bec sur la joue! Je suis tellement trop contente que je ne sais pas comment gérer ma joie! J'ai envie de sauter partout, de crier, de chanter, de rire. C'est vraiment trop plein à l'intérieur de moi, on dirait.

Bon, je me calme et je raconte du début.

Comme je l'avais pressenti, je n'ai pas été capable de manger mon souper tellement je me sentais nerveuse. Cette fois-ci, on allait vraiment sortir ensemble et discuter, pas comme au cinéma où le film nous évitait une conversation embarrassante. Non. Ce soir, j'allais réellement devoir lui parler... Oh! J'étais vraiment *over* anxieuse.

Quand il est venu me chercher sur son *scooter* vers 19 h, j'étais certaine que j'allais vomir ou m'évanouir de stress. Ana m'a alors serrée fort dans ses bras et m'a affirmé avec conviction que tout irait bien, que j'avais juste à être moi-même (en fait, elle a cité un autre de ses chandails que j'adore et qui dit: «Sois toi-même... le reste du monde est déjà pris.» Elle sait que ça me fait toujours rire...). Je lui ai souri et ça m'a redonné du courage. Je ne saurai jamais comment la remercier pour tout ce qu'elle fait pour moi...

Je me sentais comme une Princesse!

Avant que je parte, mon frère a bien tenté de se moquer de moi en disant des trucs, genre « Ouuh ! Ton prince charmant est arrivé ! », et en faisant des bruits de bec, mais je l'ai ignoré.

Mon père a donné une petite tape derrière la tête de mon frère (pour qu'il arrête de m'embêter) avant de me souhaiter une belle soirée. Ma mère, quant à elle, m'a évidemment recommandé d'être prudente et intelligente. J'ai levé les yeux au ciel (*come on, mom!* Je n'ai plus douze ans !) et j'ai ouvert la porte pour aller rejoindre Raphaël.

Il m'attendait avec son beau grand sourire et me tendait son second casque. Il a sifflé quand il m'a vue et m'a dit qu'il me trouvait très jolie. Une chance que le soleil se couchait et que tout avait une teinte orangée, sinon il aurait sûrement remarqué mes joues devenir comme trop rouges ! Je l'ai remercié, toute gênée, et je suis montée sur le *scooter*. Quand on a tourné le coin, j'ai vu Ana sortir de chez moi et m'envoyer la main au loin avant de rentrer chez elle à pied.

Une vingtaine de jeunes – dont une bonne partie de la *gang* de Raphaël – traînaient déjà au *skatepark*. Mon cœur s'est mis à battre très fort dans ma poitrine et mes jambes sont devenues toutes molles. Mon estomac s'est contracté et j'ai commencé à avoir mal au cœur. J'ai donc pris de grandes respirations et je me suis rappelé que j'étais la *date* de Raphaël Tremblay-Jutras, ce qui n'est pas rien! Je n'avais donc aucune raison de me sentir inférieure, au contraire!

Après avoir garé son *scooter*, enlevé son casque et pris le mien, Raphaël s'est dirigé droit vers sa *gang* qui le saluait. Je l'ai suivi en me cachant à moitié derrière lui et je l'ai laissé faire ses salutations à ses *chums*. Puis, Marie-Ève (la blonde de Dave, un gars de la *gang* de Raphaël) a demandé ce que je foutais là. J'ai entendu une fille mentionner que j'étais la voisine d'Amandine et qu'elle m'avait vue à son *party*. (Wow! On commence à me reconnaître!) Et là, j'ai failli faire un arrêt cardiaque parce que Raphaël m'a enlacée et m'a présentée à tout le monde comme étant «sa blonde»! Je capote trop!

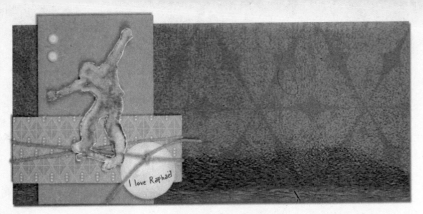

I love Raphaël

Anyway, sa *gang* semblait un peu surprise (Raphaël s'est mérité des regards inquisiteurs), mais tout le monde a ensuite été *full* correct avec moi. De cette *gang*, la plupart fréquentent l'école de Saint-Moins-Creux (comme moi), donc on se connaît déjà plus ou moins de réputation, même si on ne se parle pas. Au début, Marie-Ève agissait un peu froidement avec moi, mais, vers la fin, on jasait comme si on était amies depuis longtemps. On a appris à se connaître pendant que les gars faisaient du *skate.* Elle est jolie, drôle et intelligente. Elle a une année de plus que moi, mais ça ne paraît pas tellement sauf dans sa façon d'être; elle est hyper mature. Elle me fait un peu penser à Amandine, mais en moins hippie.

Sur le banc à côté de Marie-Ève se tenait une fille qui ne parlait pas beaucoup, prénommée Julie. (Je ne sais pas si je l'ai mentionné, mais il y a comme une guerre de clans entre les élèves de Saint-Creux et ceux de Saint-Moins-Creux. Julie et Marie-Ève sont de Saint-Moins-Creux, mais cette dernière semble me tolérer beaucoup mieux parce que son *chum* est de Saint-Creux... Wow! Tellement *West Side Story* comme histoire!)

Si Marie-Ève m'acceptait bien, Julie, elle, paraissait trouver ma présence vraiment dérangeante et faisait exprès de détourner la tête avec lassitude quand je lui adressais la parole (par politesse). Je pense qu'elle restait surtout là pour essayer de se rapprocher de Jacob, sur qui elle semblait avoir un œil, mais il n'avait pas l'air très intéressé. Pauvre fille... Elle est plutôt terne comme personne. Silencieuse et portant des vêtements sombres, elle donne tout de suite l'impression qu'elle veut s'effacer du monde... (Tout le contraire de moi qui, malgré que je souffre d'invisibilité chronique, donnerais n'importe quoi pour laisser ma marque!)

J'ai passé une heure à bavarder avec les filles, puis Marie-Ève s'est éclipsée pour ne pas faire «troisième roue du bicycle» lorsque Raphaël a pris une pause et est venu s'asseoir à mes côtés. (Julie l'a suivie, genre, une milliseconde plus tard.) J'ai dit à mon *chum* (aaaah!) que je le trouvais vraiment bon. (À vrai dire, comme je ne connais rien au *skate*, il était peut-être très mauvais et j'étais en train de passer pour une nulle, mais, à mon grand soulagement, il a eu l'air de me croire et a paru charmé du compliment). Comme je me sentais à l'aise, je ne retenais pas mes propos mi-sarcastiques, mi-comiques au sujet du talent de ses amis, qui continuaient à essayer plein de trucs compliqués et pas toujours réussis avec leurs planches. Raphaël me regardait avec amusement et semblait me trouver très drôle! À un moment donné, il m'a même avoué qu'il trouvait mon humour «intelligent» (il a dit qu'il adorait «mon» t-shirt aussi!) et il a supposé que je devais avoir de bonnes notes à l'école. Je ne suis pourtant pas si brillante que ça! C'est Ana qui a le don de «superintelligence», pas moi! J'ai juste de la facilité à exprimer mes idées et je possède un don de conteuse (même si je déteste parler en public, bizarre! Je dois avoir été assemblée à l'envers! Faudrait que j'en parle à mes parents; ils n'ont pas dû suivre le plan...).

Il y avait tellement d'étoiles dans le ciel...

On a passé une quinzaine de minutes ensemble, puis ses amis ont commencé à le niaiser parce qu'il passait trop de temps avec sa blonde. De vrais bébés, pires que mon frère! Piqué au vif par les moqueries, Raphaël s'est empressé de les rejoindre sur la rampe. Julie s'est avancée vers moi avec un air vraiment baveux, comme si elle appréciait le fait que Raphaël accordait plus d'importance à ses *chums* qu'à moi. *Whatever*...

Vers 22 h, une autre *gang* de, genre, douze personnes est arrivée et s'est jointe à nous. J'ai reconnu quelques visages de mon école, mais la plupart étaient trop vieux pour être encore au secondaire. D'instinct, je me suis méfiée d'eux dès le départ et, plus la soirée avançait, plus je savais que j'avais raison de ne pas leur faire confiance: la majeure partie d'entre eux avaient des bouteilles de bière dissimulées sous leurs vêtements style *street gang* et, vers la fin de la soirée, ils ont commencé à faire du vandalisme.

117

Les pensées sont parmi mes fleurs préférées (probablement parce qu'elles sont mauves...).

J'ai pris ces feuilles dans un arbre au parc.

Ils se trouvaient vraiment drôles, c'est ça, le pire! Il y en avait un qui, avec son *lighter*, essayait de faire fondre le banc, mais, comme ça ne marchait pas, il a fracassé une bouteille pour essayer de graver quelque chose sur la surface à l'aide du fragment de verre. Ensuite, ç'a un peu dégénéré: quelques caves ont eu la «brillante» idée d'enfouir des morceaux de verre cassé dans le sable du parc pour enfants juste à côté. Bande de *morons*!

Je ne savais pas trop quelle attitude adopter face à tout ça. Est-ce le genre de niaiseries qu'apprécie Raphaël? Trouve-t-il réellement ces gars-là drôles? Je ne voulais pas le décevoir en montrant ouvertement que je désapprouvais ces gestes, mais, en même temps, je me sentais de moins en moins à ma place. Vers 22 h 30, j'ai réussi à entraîner Raphaël à part pour lui demander s'il pouvait me reconduire. Il a accepté. J'étais soulagée qu'il veuille bien me ramener si tôt, car, selon les rumeurs, les soirées au *skatepark* se prolongent souvent jusqu'à deux ou trois heures du mat. La police doit aller faire un tour (avec raison!) plusieurs fois par nuit et je n'avais plus vraiment envie de faire partie de cette *gang* de crétins irrespectueux et mesquins...

Devant chez moi, Raphaël a repris le casque et m'a dit qu'il avait bien aimé sa soirée et que j'étais beaucoup plus *cool* qu'il ne le pensait. Il a pris ma main et m'a gentiment attirée à lui avant de m'embrasser doucement sur la bouche. C'était tiède, doux et un peu humide. Une tonne de frissons m'ont parcouru le corps comme des décharges électriques et j'ai ressenti de drôles de chatouillements dans mon ventre. Est-ce ça, l'amour? Sûrement; c'était vraiment magique ce que j'ai éprouvé à ce moment-là!

Ça fait presque douze heures que je suis revenue chez moi et j'ai encore des papillons dans l'estomac, des nuages dans la tête et du coton dans les jambes. Et la seule chose à laquelle je n'arrête pas de penser, c'est que je commencerai l'année scolaire en tant que blonde officielle de Raphaël Tremblay-Jutras! Ce sera une belle année...

BONHEUR

Un petit mot rapide pour dire que je n'ai rien à dire, rien à raconter. «Les gens heureux n'ont pas d'histoire», apparemment. Tout va bien entre Raphaël et moi; nous nous voyons souvent (au *skatepark*) et nous appelons tous les jours. Voilà! Ce sont les dernières nouvelles... Je retourne sur mon nuage.

CE QUE J'AI APPRIS
À PROPOS DE RAPHAËL

Même si on ne se parle pas beaucoup quand on va au *skatepark*, Raphaël et moi passons maintenant des heures au téléphone à partager des infos sur nos vies respectives! J'ai enfin plein de réponses à mes questions.

Passe-temps de Raphaël: faire du *skate* et du sport. Quand il ne fait pas du *skate*, il fait du *wave board* ou n'importe quel autre truc sur roues.

La planche
de Raphaël
ressemble à ça...

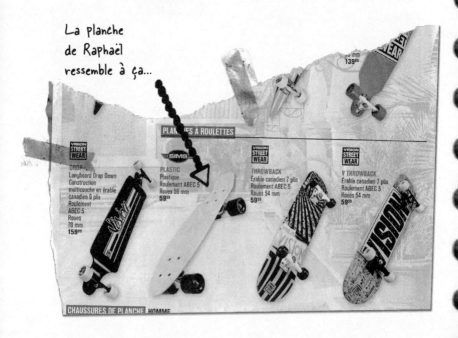

Travail: pour payer son essence et les autres dépenses de son *scooter*, ses parents lui ont demandé de se trouver un emploi (lui aussi!). Ainsi, ça fait un an qu'il est commis à l'épicerie de Saint-Moins-Creux (mais ça, je le savais déjà...).

Ce qu'il me trouve: j'ai enfin eu le courage de lui demander pourquoi je lui plais. En premier, il était un peu gêné et disait «*Je sais pas trop, là...*», mais, après quelques heures de conversation téléphonique, voici ce qui, je crois, a attiré son attention (il était temps!): mon travail à la librairie (je m'en doutais!), pas parce qu'il aime les filles intellectuelles, mais parce que j'avais tout d'un coup l'air moins «'tite fille à papa». Aussi, lors du *party* chez Amandine, Daphnée la vilaine langue avait essayé de se rapprocher du beau Raphaël, mais disons que la technique de mon ennemie lui avait plutôt «pété en pleine face»!

Il semblerait qu'elle ait voulu se moquer de mon arrivée tardive en mentionnant que mes parents m'avaient interdit de venir (quand même, elle n'était pas trop loin de la vérité), et que je m'étais faufilée par la fenêtre de ma chambre puisque ceux-ci me croyaient couchée depuis 20 h (*cheap shot* dirigé contre bibi, qui serait, selon les dires de miss vipère, un bébé qui se couche tôt. Ah ce que je la déteste!). *Anyway*, sa remarque a eu l'effet contraire sur Raphaël, qui trouvait mon retard plutôt *cool*, comme si, malgré le fait que j'habite à côté de chez Amandine, j'avais mieux à faire que d'arriver parmi les premiers au *party*.

Euh... merci maman?!?

C'EST LA RENTRÉE DANS 3... 2... 1...

Traitez-moi de *geek* tant que vous voudrez, c'est le moment de l'année que je préfère (ou presque): celui où l'on magasine les effets scolaires!

Août						Août
Dimanche	Lundi	Mardi	Mercredi	Jeudi	Vendredi	Samedi
			1	2	3	4
5	6	7	8	9	10	11
12	13	14	15	16	17	18
19	20	21	22	23	24	25
26	27	28	29	30	31	

YOUPI!

JUILLET								SEPTEMBRE							
D	L	M	M	J	V	S		D	L	M	M	J	V	S	
	1	2	3	4	5	6	7								1
8	9	10	11	12	13	14		2	3	4	5	6	7	8	
15	16	17	18	19	20	21		9	10	11	12	13	14	15	
22	23	24	25	26	27	28		16	17	18	19	20	21	22	
29	30	31						23	24	25	26	27	28	29	
								30							

Je ne sais pas pourquoi, mais j'adore me choisir de nouveaux cartables, crayons, étui et même sac d'école! Bon, je dois toujours négocier avec ma mère, mais, la plupart du temps, elle me laisse acheter ce que je veux. Je choisis donc des trucs que je trouve mignons ou originaux. Souvent, ça rend les cours plates un peu plus amusants quand on possède des crayons feutres stylisés ou une gomme à effacer en forme de robot, qu'on peut utiliser pour créer toutes sortes de scénarios. (Je l'ai déjà dit et tout le monde le sait, mais je le répète quand même: j'ai beaucoup trop d'imagination. Alors, il faut que ça sorte! J'ai déjà vu un épisode de la série *Kaamelott* où le roi Arthur s'amuse à se monter des histoires avec tous les objets qui lui tombent sous la main. J'avais tellement ri parce que c'est tellement trop ce que je fais moi-même! Mais bon, dans mon cas, j'essaie de garder tout ça dans ma tête... Je ne veux pas passer pour une folle, quand même!)

Comme j'adore magasiner en toute occasion (ou presque), devoir entrer dans une boutique de fournitures scolaires qui sent le papier frais et les crayons de bois, je ne vois pas comment on peut détester ça! Et cette année, pour faire de ce moment un souvenir plus *cool* encore, ma mère m'a donné de l'argent et m'a envoyée au magasin seule avec ma liste!

J'ai pris mon vélo et je suis allée chez Ana, dont les parents ont accepté volontiers qu'elle vienne magasiner avec moi. Ana a apporté sa liste aussi et nous sommes parties à vélo chez Savard (c'est le magasin de fournitures de bureau qui se trouve sur la montée Saint-Charles, comme à la limite entre Saint-Creux et Saint-Moins-Creux). Nous nous y sommes amusées pendant deux bonnes heures à choisir les trucs les plus originaux.

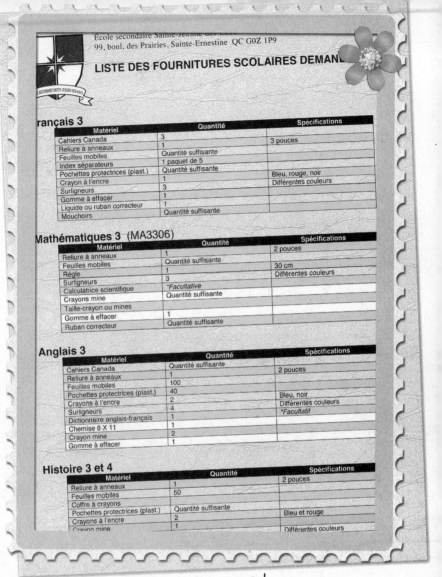

École secondaire Sainte-Jeanne-des-Eaux
99, boul. des Prairies, Sainte-Ernestine QC G0Z 1P9

LISTE DES FOURNITURES SCOLAIRES DEMANDÉ

Français 3

Matériel	Quantité	Spécifications
Cahiers Canada	3	
Reliure à anneaux	1	3 pouces
Feuilles mobiles	Quantité suffisante	
Index séparateurs	1 paquet de 5	
Pochettes protectrices (plast.)	Quantité suffisante	
Crayon à l'encre	1	Bleu, rouge, noir
Surligneurs	3	Différentes couleurs
Gomme à effacer	1	
Liquide ou ruban correcteur	1	
Mouchoirs	Quantité suffisante	

Mathématiques 3 (MA3306)

Matériel	Quantité	Spécifications
Reliure à anneaux	1	2 pouces
Feuilles mobiles	Quantité suffisante	
Règle	1	30 cm
Surligneurs	3	Différentes couleurs
Calculatrice scientifique	*Facultative	
Crayons mine	Quantité suffisante	
Taille-crayon ou mines		
Gomme à effacer	1	
Ruban correcteur	Quantité suffisante	

Anglais 3

Matériel	Quantité	Spécifications
Cahiers Canada	Quantité suffisante	
Reliure à anneaux	1	2 pouces
Feuilles mobiles	100	
Pochettes protectrices (plast.)	40	
Crayons à l'encre	2	Bleu, noir
Surligneurs	4	Différentes couleurs
Dictionnaire anglais-français	1	*Facultatif
Chemise 8 X 11	1	
Crayon mine	2	
Gomme à effacer	1	

Histoire 3 et 4

Matériel	Quantité	Spécifications
Reliure à anneaux	1	2 pouces
Feuilles mobiles	50	
Coffre à crayons		
Pochettes protectrices (plast.)	Quantité suffisante	
Crayons à l'encre	2	Bleu et rouge
Crayon mine	1	Différentes couleurs

J'ai pas suivi la liste à la lettre, hi hi hi!

Donc, cette année, j'aurai une mini brocheuse
en forme de poisson avec des broches bleues,
une gomme à effacer «champignon», une douzaine
de crayons à mine de toutes les couleurs (plus un
crayon vraiment *nice* dont la mine à cinq couleurs

127

Il est troooooop

MIGNON

permet de faire des traits multicolores) et un aiguisoir qui ressemble à un petit extraterrestre mauve et rose (on lui flanque un crayon dans l'œil pour l'aiguiser. Ouch!).

J'ai aussi acheté des stylos mauves et des crayons feutres à pointe fine noirs (mais ça, j'avoue que c'est surtout pour dessiner dans ce *scrapbook*, chuuut!). Mon nouvel étui a, quant à lui, trois compartiments séparés (j'adore quand tout est bien rangé... sauf que je déteste ranger. Ironique, non?) et j'ai des cartables vraiment *cools* (peut-être un peu *out*, mais je m'en fous) d'Emily the Strange et de Spectra Vondergeist de *Monster High*, que je trouve trop belle! Et avec l'argent qui restait (plus une partie de mon dernier salaire), je me suis payé un sac à dos vraiment beau, style un peu gothique, noir et violet. On a aussi acheté des trucs plus laids, mais obligatoires, genre des Duo-Tangs moches, des stylos bleus, quelques cahiers d'exercices (le ministère n'a tellement pas d'imagination quand vient le temps de choisir le visuel de ce matériel-là...), un ruban correcteur, de la colle, etc.

Aussi, chez Savard, il y avait une rangée complète consacrée au matériel pour les bricoleurs (alias les *scrapbookeuses* comme moi). Je ne pensais réellement pas que ç'aurait autant d'effet sur moi! Mais la page toute pleine de fioritures que j'ai créée au début du *scrapbook* pour décrire mon *kick* est vraiment plaisante à regarder, et j'ai envie d'ajouter plus d'éléments visuels pour encadrer les souvenirs que j'insère. Ana était aussi gaga que moi, même si elle ne possède pas de *scrapbook*. On bavait littéralement d'excitation devant les autocollants et les rubans, les ciseaux et les poinçons spéciaux, les brillants, les cartons texturés. J'ai donc fait plaisir à la magasineuse en moi et j'ai choisi des cœurs tout mignons (ben quoi, je suis amoureuse!) et des papillons scintillants (tellement beaux!). Tant qu'à y être, je me suis laissée inspirer par un paquet de feuilles à motif, car j'ai vu dans un livre

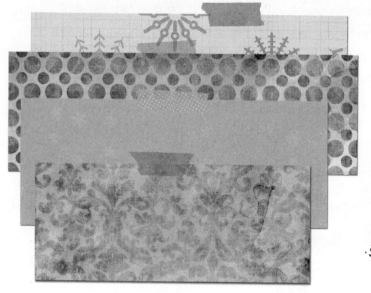

Quelques échantillons!

129

d'introduction au *scrapbooking* qu'on peut s'en servir pour faire des montages thématiques réussis (enfin, ils sont réussis dans le livre... j'ignore encore si mon résultat sera aussi agréable à l'œil!), mais, somme toute, je me suis trouvée assez raisonnable!

Bon, je ne vais pas décrire tout ce que j'ai acheté, mais c'était vraiment le *fun*. Des jours comme ça, il devrait y en avoir tellement plus dans une année...

Tout ramener a été un peu plus compliqué, par contre, et mon panier de fortune (un bac de plastique que mon père a fixé à mon vélo il y a deux ans) était rempli à pleine capacité, de même que mon tout nouveau sac que j'avais mis sur mon dos. Il a également fallu arrêter quelques fois en chemin parce qu'une d'entre nous avait échappé un truc, mais, en fin de compte, on a ri comme des déchaînées durant notre «expédition», trop heureuses de notre journée.

Nouveaux articles de scrapbooking!

Sur une note un peu moins plaisante, ma mère parle de nous emmener, Guillaume et moi, magasiner des vêtements pour la rentrée. En temps normal, ça ne me dérange pas de me choisir du linge, mais c'est juste que, quand on magasine avec ma mère, ce n'est pas vraiment nous qui choisissons ce qu'on achète. Il faut toujours que je me batte pour avoir un chandail un peu plus *in* ou décolleté, des jeans un peu plus serrés, etc. (Je suis

Une robe de bon goût (selon ma mère...)

tannée d'avoir l'air d'une petite fille, par moments!) C'est assez épuisant comme combat et, au bout d'une heure, j'en ai assez et je veux rentrer. C'est généralement le moment où ma mère entre en mode *overdrive* et me force à essayer plein de morceaux de linge qui finiront dans le fond de ma garde-robe. Elle dit toujours qu'on n'a pas beaucoup d'argent... Ça, c'est un bel exemple de gaspillage d'argent, si vous voulez mon avis. Elle devrait plutôt apprendre à accepter ce que Guillaume et moi on VEUT porter et, comme ça, son argent serait mieux investi.

Anyway, on verra bien comment ça se passera cette fois-ci... Peut-être que, maintenant que j'ai 15 ans, elle m'imposera moins ses goûts vestimentaires démodés...

CHLOCK N'EST PLUS!

C'est la seule explication possible au changement de caractère de ma mère! *L'alien* dans sa tête a clairement été rappelé sur sa planète après avoir failli misérablement à la tâche et remplacé par un modèle nouvelle génération qui ne comprend pas toujours tout, mais qui se montre beaucoup plus souple! (Va falloir que je le baptise...) Ça fait trop bizarre.

Il a presque l'air sympathique...

D'abord, au début de l'été, ma mère a développé une certaine aptitude à comprendre mes sentiments et même à les respecter (déjà, c'était hyper louche).

À ce moment-là, Chlock était clairement encore aux commandes puisqu'il est responsable de la grosse crise engendrée par le *party* chez Amandine...

Par contre, ma mère m'a ensuite laissée faire mes emplettes scolaires seule avec Ana et s'est même montrée intéressée par ce que j'avais acheté (elle utilisait le mot « *cool* » à profusion pour qualifier chaque article – ça me donne toujours un peu la nausée quand j'entends mes parents essayer d'utiliser nos expressions...).

Enfin, lors de la fameuse séance de magasinage vestimentaire, ma mère m'a presque laissé carte blanche dans mon essayage et mes achats, et les morceaux qu'elle choisissait pour moi n'étaient pas si mal! Elle m'a même acheté un soutien-gorge bleu trop beau et de vrais sous-vêtements de femme (pas des culottes fleuries en coton de petite fille).

Ils sont trop beaux!

TENSIONS À L'HORIZON?

C'est la rentrée dans un jour et demi (nous sommes samedi après-midi) et ce soir, Raphaël m'a de nouveau invitée au *skatepark*. Le problème, c'est que j'avais prévu passer la soirée avec Ana (elle devait venir chez nous pour écouter de la musique et j'avais l'intention de lui montrer les progrès que je fais dans mon *scrapbook*). Je me sens mal d'abandonner ma *best*, mais on a discuté et je crois qu'elle comprend que je doive entretenir ma relation avec Raphaël. Une fleur nouvellement née a besoin de plus d'attention qu'une plante bien enracinée. J'espère seulement que ça ne nuira pas à mon amitié avec Ana...

Monsieur Dumas a été *cool* aujourd'hui et m'a permis de terminer à 14 h «pour me préparer à la rentrée», qu'il a dit. Ah oui, c'est vrai! Comme je suis rendue vraiment indispensable (hum!) à la librairie, monsieur Dumas est revenu sur sa décision et m'a demandé la semaine passé s'il m'était possible de trouver un peu de temps dans mon horaire chargé d'étudiante «pour continuer à entretenir les étalages modernisés» que j'ai introduits dans son magasin. Après avoir vérifié avec mes parents, ils sont d'accord pour que je consacre quelques heures par semaine à L'Évasion, du moment que mes notes se maintiennent (réponse de parent classique). Monsieur Dumas était vraiment soulagé de l'apprendre, on dirait !

J'ai profité du reste de mon après-midi pour traîner un peu dans les rues et savourer mes dernières heures de liberté (car, même si j'aime bien l'école, je déteste avoir un horaire fixe qui m'emprisonne) et passer un peu de temps dans notre jardin à jaser avec mon père. Ses vacances achèvent aussi et on le verra beaucoup moins dans peu de temps...

Là, il est presque 16 h. Ma mère est en train de faire le souper, et moi, je vais avancer un peu dans mes exercices d'écriture. Si jamais il y a quelque chose de bon qui en ressort, je le collerai ici.

L'ÉTÉ ACHÈVE !!!!!

LA VEILLE

Dernière journée avant la rentrée.

Hier soir, Raphaël et moi sommes allés ensemble au *skatepark*. Dès notre arrivée, il s'est précipité vers sa *gang* et m'a quasiment abandonnée au milieu du cercle de filles qui se trouvaient là. J'ai cherché Marie-Ève du regard, mais elle était absente, et les autres filles ont fait comme si j'étais transparente et ne m'ont pas du tout adressé la parole. Je me suis donc éloignée d'elles et me suis rapprochée des plates-formes où j'ai passé le reste de la soirée, en solitaire, assise dans l'herbe.

EUH HUM...?

GGGRRRR!

Un peu plus tard, vers 21 h, une de mes ennemies jurées est arrivée accompagnée de deux de ses amies. Daphnée n'a eu aucune difficulté à s'immiscer dans le groupe de filles, elle. Je les ai entendues s'esclaffer. Je ne sais pas si je suis parano, mais j'avais vraiment l'impression que les propos de Daphnée

136

qui faisaient tant rire les autres me concernaient. J'aurais aimé que Raphaël choisisse ce moment-là pour venir m'embrasser ou je-ne-sais-quoi, question de lui fermer la trappe.

Pour me donner une contenance, je me suis adossée contre le rempart et j'ai observé les étoiles qui commençaient à se pointer. Afin d'occuper mes mains, j'arrachais des touffes de gazon et des pissenlits que j'effeuillais avec minutie en étudiant le firmament (je trouve ça tellement beau comme mot, «firmament»). Les criquets se sont mis de la partie et faisaient tout un vacarme. Je ne sais pas c'est quoi

Des fleurs séchées, je trouve que ça représente bien la fin de l'été...

... et mon état d'esprit à la fin de la soirée!

l'affaire avec les criquets, mais je me sens toujours nostalgique quand je les entends.

Ça doit être parce qu'ils chantent plus fort au mois d'août, comme s'ils se lamentaient eux aussi de la fin de l'été. Je devais avoir vraiment l'air songeuse car, de retour devant chez moi, Raphaël m'a demandé à quoi je pensais en regardant les étoiles. Je n'étais tout de même pas pour lui avouer que je me sentais un peu laissée à moi-même et que je doutais de pouvoir un jour faire entièrement partie de son cercle d'amis...

Je m'en veux de n'avoir pas fourni plus d'efforts pour m'intégrer. Mais je crois qu'une partie de moi reproche aussi à Raphaël de m'avoir ignorée toute la soirée. En tout cas, je vais essayer de ne pas trop analyser. Je suis du genre à *over* penser... Je vais quand même l'appeler ce soir pour lui souhaiter bonne nuit et m'assurer que tout est correct.

Je compte profiter de ma dernière journée de vacances (soit aujourd'hui) en la passant avec ma *best*, qui me changera certainement les idées. Puis, ce soir, je lirai un bon roman dans un bain moussant et chaud afin de m'endormir rapidement.

Les années précédentes, je devais me conditionner toute une semaine avant la rentrée à reprendre mon horaire «normal» (me lever à

RÉSOLUTION

Essayer de faire davantage d'efforts pour m'intégrer dans le cercle d'amis de Raphaël

6 h 45, déjeuner, m'habiller, attraper le bus scolaire à 7 h 20), mais, grâce à mon travail à la librairie, je ne me suis pas levée tellement plus tard que 8 h ces derniers temps, alors je ne devrais pas avoir trop de mal à me tirer du lit demain matin.

Je vais choisir mon linge ce soir, préparer mon sac (quoiqu'on n'ait jamais besoin de grand-chose le premier jour de l'année scolaire, si ce n'est d'un bon crayon à l'encre) et faire mon lunch pour m'éviter de courir partout demain en me levant.

Ma mère et mon frère reprennent leur horaire normal aussi; finies les vacances... Mon père a encore une petite semaine devant lui avant de retomber dans son absentéisme (notez qu'il sera absent de la maison, là, pas de son travail).

*

Comme prévu, j'ai téléphoné à Raphaël ce soir avant de me coucher. Il m'a dit que tout était correct et on a passé au moins une demi-heure au téléphone à parler de notre été.

Eh oui, l'été est déjà fini.

J'ai maintenant quinze ans, un copain (le plus beau gars de l'école!), un emploi (à temps très partiel maintenant que l'école recommence), un livre pour apprendre à écrire (avec des exercices plutôt le *fun*) et un *scrapbook*/journal intime. Nouvelle Justine ou simplement une version améliorée?

Justine 2.0, prête pour la rentrée!

J O U R 1

Je mets mes nouveaux achats « scolaires »
à contribution...!

La première journée de l'année scolaire, c'est tellement une fausse journée d'école! D'abord, tous les étudiants arrivent à l'heure (ha! La preuve que ce n'est pas une vraie journée...) et se ruent à la cafétéria qui devient au moins dix fois plus bruyante que d'habitude. On est heureux de se retrouver, on rit, on parle fort, on se raconte nos étés. Et je dis « on » en m'incluant là-dedans! J'étais contente de retrouver ma *gang* (même si la plupart des élèves de l'école les considèrent comme des *nerds* ou des *losers*, moi, je les aime bien). Je leur ai annoncé que j'avais décroché un super boulot, et plusieurs d'entre eux m'enviaient ouvertement d'être « libraire ». Wow! C'est vrai que ça sonne professionnel! Xavier m'a même demandé si le tout dernier héros-morphe-truc était sorti (tiens, une bonne idée pour ma prochaine table thématique, j'en prends note).

Par contre, tout ne s'est pas passé aussi bien que je l'avais escompté pour cette première journée du retour à l'école.

Premier petit accrochage du jour: aucun de mes amis ne nous a crues, Ana et moi, quand nous leur avons affirmé que je sortais avec Raphaël Tremblay-Jutras. Voyons! Pourquoi j'aurais inventé ça?

Et deuxième GROS accrochage de la journée: Raphaël n'est pas venu me parler quand il est arrivé à l'école et, lorsque je me suis approchée de lui, il a fait semblant de ne pas me voir et est allé un peu plus loin avec ses amis... Coudonc, il m'ignorait ou quoi? Enfin, c'était peut-être aussi dans ma tête. J'ai toujours tendance à dramatiser...

Heureusement, dans un *timing* impec m'empêchant de me monter des hypothèses-catastrophes, tous les étudiants ont été appelés dans l'auditorium pour le mot de bienvenue du directeur.

Chaque année, c'est la même chose. Nous sommes convoqués à l'auditorium, et ça prend dix bonnes minutes avant que tout le monde soit assis et se taise (j'ai bien essayé de repérer Raphaël pour m'asseoir près de lui, mais Ana et ma *gang* me tiraient plus loin alors j'ai abandonné). Une fois tout le monde en place, le directeur «accueille» les étudiants pendant une demi-heure. Son discours ressemble toujours un peu aux précédents, avec quelques nouveautés insérées ici et là pour suivre l'actualité (à la suite d'une fusillade aux États-Unis, par exemple, il y aura désormais de nouveaux règlements plus stricts sur la circulation des personnes dans l'école). Ensuite, il présente les nouveaux professeurs (trois cette année) et, enfin, nous sommes libérés.

PERMISSION DE CIRCULER

Nom de l'élève : _____ Date : _____

Permission de se rendre :

☐ Salle de bains	☐ Auditorium	☐ Bibliothèque
☐ R-V médical	☐ Infirmière	☐ Directeur
☐ Orienteur	☐ Casier	☐ Cafétéria
☐ Gymnase	☐ Autre : _____	

Nom du professeur : _____

Signature : _____

Heure de sortie : _____

Heure de retour : _____

Ils ont oublié plein de détails, comme le nom de jeune fille de ma mère, le mot de passe ultra top secret et une question d'habileté mathématique pour savoir si je suis apte à circuler...

À notre retour à la cafétéria, des tables ont été déplacées et des membres du personnel administratif de l'école ont pris place sous de grosses pancartes où il est indiqué « A-G », « H-O », « P-Z ». Nous ne sommes pas très nombreux (312 cette année, selon le discours du directeur), alors je ne sais pas pourquoi ils s'efforcent de nous diviser comme ça. Je suis certaine que, même si nous attendions tous sous la même bannière dans la même file, le processus de remise des agendas et des horaires serait quand même terminé en moins d'une heure.

Enfin, je me suis dirigée vers la dernière table et Ana, la seconde. C'est toujours très rapide pour elle, car elle est la seule de l'école à avoir un nom de famille commençant par «k»! Dans mon cas, la personne assise devant moi doit toujours farfouiller un peu dans les «p» et me retrouver parmi les Péloquin, Plante, Pageau, Painchaud, Pinard, Prévost, Poirier, Poitras, Plourde, Paquin et Paquette de Sainte-Jeanne-des-Eaux (je n'avais jamais réalisé, avant d'entrer à l'école secondaire, que les noms de famille des trois quarts des Saint-Creusiens et Saint-Moins-Creusiens commencent soit par P, L ou T)... Les plus nombreux restent, évidemment, les Tremblay. Il y en a dix-neuf rien qu'à mon école!

Anyway, les étudiants sont ensuite relâchés jusqu'à la deuxième période parce que les profs ont depuis longtemps compris qu'il ne servait à rien de nous enfermer dans une classe juste après la remise des horaires (que nous voulons comparer à celui de nos amis) et des agendas (qu'on veut personnaliser tout de suite)!

J'ai collé une fleur pareille sur mon agenda...

En bref, le premier jour d'école, on sèche le premier cours, on assiste au mot de bienvenue du directeur et on traîne ensuite à la cafétéria ou à l'extérieur... à comparer nos horaires et à décorer nos agendas!

J'aime dessiner des trucs comme ça dans mon agenda pendant mes cours les moins intéressants.

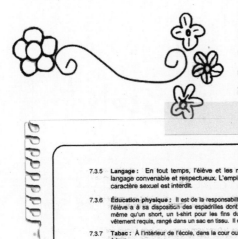

PAGE PAS RAPPORT!

7.3.5 Langage : En tout temps, l'élève et les membres du personnel doivent avoir un langage convenable et respectueux. L'emploi de sacres ou de langage vulgaire ou à caractère sexuel est interdit.

7.3.6 Éducation physique : Il est de la responsabilité des parents et de l'élève de s'assurer que l'élève a à sa disposition des espadrilles dont la semelle ne marque pas le gymnase, de même qu'un short, un t-shirt pour les fins du cours d'éducation physique ou tout autre vêtement requis, rangé dans un sac en tissu. Il est important que tout soit bien identifié.

7.3.7 Tabac : À l'intérieur de l'école, dans la cour ou sur ses terrains, l'usage du tabac est interdit à tous.

7.3.8 Drogue, alcool et autres substances illicites : L'usage de drogue, alcool et autres substances illicites est interdit à l'école, sur les terrains de l'école, de même que lors de toute activité éducative. Lorsque le personnel de l'école a des motifs raisonnables de croire qu'un élève est en possession de telles substances, il peut prendre les moyens appropriés pour effectuer les vérifications requises, ce qui peut inclure la fouille de l'élève et le recours aux services policiers.

7.3.9 Utilisation de la technologie d'information : L'utilisation de la technologie d'information est soumise à la Politique sur l'utilisation des technologies d'informatique. Ainsi :

__Il est défendu__ de capter à l'école, d'utiliser et de diffuser de quelque manière que ce soit, incluant sur des sites sociaux électroniques (tels que Facebook), l'image ou la voix d'un élève ou d'un employé de la Commission scolaire.

__Il est, de plus, défendu__ de tenir en général, incluant sur des sites sociaux électroniques (tels que Facebook), des propos constituant une atteinte à la réputation d'un employé de l'école ou de la Commission scolaire.

En cas de non-respect des règles de vie susmentionnées, des sanctions prévues aux présentes pourront être imposées.

7.3.13 Équipement électronique : Il est interdit d'utiliser les cellulaires, appareils photo, iPod ou baladeurs à l'école, sauf en cas d'activité spéciale prévue par la classe. En cas de contravention à cette interdiction, la direction pourra prendre possession de l'appareil jusqu'à la fin de l'année scolaire.

7.3.14 Nourriture : L'équipe pédagogique souhaite que les élèves consomment des aliments sains (fruits, légumes, fromages, yogourts...). Les croustilles, chocolats, gommes, boissons gazeuses et bonbons sont interdits. Si des élèves sont allergiques à certaines substances, nous les interdirons à l'école. Vous en serez avisés par lettre officielle.

7.3.15 Utilisation des équipements et du matériel scolaires : L'élève doit prendre soin des mis à sa disposition. En cas d'usage abusif ou de bris intentionnel, la Commission réclamera le coût aux parents.

A0207379-01 / PL6-STD

-2-STD

145

Je ne crois pas que ma mère serait contente
d'apprendre que je « scrap » pendant les cours...

Retour
à
L'école !

    Je n'ai évidemment pas fait exception.
J'ai d'abord étudié mon horaire avant de le
comparer à ceux de ma *gang* et celui d'Ana (je
ne sais vraiment pas pourquoi ils nous donnent
encore un horaire en papier; je finis toujours par le
retranscrire dans mon agenda et jeter le papier...).

    J'étais d'abord hyper contente d'avoir
Lio comme prof en anglais enrichi (ça me stresse
vraiment d'avoir pris « enrichi », car les cours sont
donnés UNIQUEMENT en anglais, mais je m'ennuyais
tellement dans les cours réguliers...). Emilio « Lio »
Ceretti est un petit bonhomme au crâne rasé

d'origine italienne qui a vécu douze ans aux «States».
Il est vraiment super *cool* comme prof et il donne
les meilleurs devoirs du monde: écouter des émissions
de télé en anglais! Je l'avais eu en première année
du secondaire (où il n'y a pas d'option enrichie), mais
pas l'an dernier... Bref, Lio en anglais, c'est vraiment
awesome (je commence déjà à pratiquer!). Sauf
qu'Ana n'est pas avec moi dans ce cours (pauvre
elle, elle est tombée sur Mr. Fortzinger, un gringalet
à la voix monocorde qui n'a tellement pas d'humour
et qui leur fera certainement lire des romans
poches). Mais, au moins, mon ami Jason est dans
le même cours que moi, alors on pourra se mettre
ensemble s'il y a des travaux d'équipe.

En français, j'ai hérité
d'une prof nouvellement arrivée
à l'école: madame Francine
Beauchemin. Je ne sais pas
trop comment elle est (elle
s'est présentée brièvement à
l'auditorium, mais j'étais assise
loin et je ne l'ai pas très bien
entendue). De toute façon,
c'est mon premier cours en
rentrant demain matin, alors
on verra bien... Et puis là, au
moins, je suis avec Ana!

À 9 h 30, c'était mon cours de maths (pas enrichi, hein! Je suis TRÈS dans la moyenne pour les maths...). J'ai pogné monsieur Lagacé pour ce cours-là. Il est correct, mais très strict. Ça fait hyper longtemps qu'il enseigne le même cours alors, parfois, on a l'impression d'écouter un enregistrement quand il parle. Toute ma *gang* s'est retrouvée en maths avancées, sauf moi... et Raphaël! Trop surprise! Je me vois tellement faire des grands yeux de *cartoon* étonnés quand je l'ai vu assis au fond de la classe! Mais je n'ai pas pu aller lui parler car le cours commençait. J'ai donc rapidement pris une place à l'avant, là où il restait des sièges. Je crois qu'il m'a timidement souri, mais j'ai trouvé son sourire forcé un peu... Je dois me faire des idées... Quoique c'est vrai que je l'ai trouvé distant aujourd'hui, lui!

Après l'heure et quart de platitudes mathématiques (monsieur Lagacé nous a remis nos manuels et a entamé directement la matière! Ça commence *rough*...), ç'a été mon premier cours de sciences de l'année (Science et technologie, de son vrai nom). Pour certains sujets abordés, c'est un de mes cours préférés. Et puis, j'ai Bruno Marchand comme prof dans ce cours-là. Ceux qui l'ont déjà eu nous ont dit qu'il était *chill* et ne donnait pas trop de devoirs.

...ur : Bruno Marchand

3.1 Univers vivant
   3.1.1   Division cellulaire
   3.1.2   Tissus, organes et ...
   3.1.3   Systèmes (Fonctio...
système digestif, systèmes ... éologiques
respiratoire, système excréte... l'histoire du
nerveux et musculosqueletti...
reproducteur)   ces vivantes

3.2 Univers matériel   ...hiques
   3.2.1   Propriétés de la ma...
fusion, point d'ébullition, ma...
solubilité
   ...re dans l'univers
   3.2.2   Transformations de ...les
(physiques, chimiques)   ...de la vie

   3.2.3   Organisation de la ...

   3.2.4   Fluides
   ...ation (croquis,
   3.2.5   Ondes   ...tion oblique)
   Fréquence
   Longueur d'onde
   Amplitude   ...onales
   Échelle décibel   ...ométrie)
   Spectre électromagn...
   Déviation des ondes   ...entations
   ...s)

   3.4.2   Ingénierie mécanique
   Liaisons types des pièces
   mécaniques
   Systèmes de transmission du mouvement (roues de friction, poulies et
   courroie, engrenage, roues dentées
   et chaîne, roue et vis sans fin)
   Systèmes de transformation du
   mouvement (vis et écrou, bielles,
   manivelles, coulisses et système
   bielle et manivelle, pignon et cré-
   maillère, cames)

   3.4.3   Matériaux
   Contraintes (traction, compression,
   torsion)
   Propriétés mécaniques
   Types et propriétés
   Alliages à base de fer
   Métaux et alliages non ferreux

   3.4.4   Biotechnologie
   Procédés
   Pasteurisation
   Fabrication du vaccin
   Procréation médicalement assistée
   Culture cellulaire
   Transformation génétique (OGM)

On devra vraiment apprendre tout ça?
Ouf, les attentes sont élevées!!!

    Bon, ma mère vient d'entrer dans ma chambre et m'a vue en train d'écrire. Elle m'a demandé si j'avais des devoirs et, si oui, si je les avais finis... Je lui ai dit que, la première journée, personne n'avait de devoirs, mais c'est faux. J'ai un genre de révision à faire en maths et là, je me sens mal parce qu'elle a raison...

    Bon, je vais me débarrasser de mon devoir, souper et revenir avec la suite de ma journée!

la rentrée {2}

Alors, où est-ce que j'en étais? ... Ah oui! Sciences. Ç'a été plutôt bien. Le prof n'est pas très vieux (genre la trentaine), il est dynamique et ça paraît qu'il aime sa matière.

SCIENCE DE LA NATURE
C'est mon sujet préféré en sciences...
On apprend plein de choses sur la
Terre, la faune, la flore et l'espace!

On commence avec des cours sur le corps humain, par contre. Ce sujet-là m'intéresse moins, mais j'ai entendu dire qu'on aurait de l'astronomie plus tard dans l'année et j'ai trop hâte! Sauf qu'aujourd'hui, on a surtout passé le cours à rencontrer le prof, à feuilleter notre manuel (une brique de genre 700 pages à couverture rigide!) et à se présenter. C'est correct, je sais que le prof essayait surtout de nous «dégêner», mais, moi, je déteste parler en public... J'ai quand même réussi à balbutier quelques mots et le prof est passé à un autre élève. Ouf! Soulagement.

Après le cours de sciences, c'était l'heure du lunch. J'avoue que là, je m'attendais à retrouver Raphaël et lui parler, mais il ne s'est pas montré de tout le dîner. J'ai légèrement commencé à «paranoïer», mais je me suis efforcée à ne pas le montrer.

Après avoir mangé avec notre *gang*, Ana et moi avons retrouvé notre *spot* dehors et on a jasé. C'était bien. J'ai pu lui confier tout de suite mes craintes à propos de Raphaël et, comme d'habitude, elle s'est montrée rassurante, apaisante et compréhensive. Je ne sais vraiment pas ce que je ferais sans elle...

Passe une belle journée, ma puce.

Maman XXXX

J'avais une petite surprise dans mon lunch! Ma mère peut être cute, quand elle veut...

Grrr! Le prof veut qu'on s'attache les cheveux...

À 13 h 25, la première cloche a sonné, signe qu'il fallait se rendre à notre dernier cours de la journée. Pour Ana, c'était Histoire et géographie. Pour moi, Éducation physique...

Si j'avais eu un cellulaire, j'aurais sûrement passé un commentaire sur Twitter, genre «Tuez-moi maintenant...», mais, puisque je n'en ai pas, j'ai juste serré les dents.

Comme on ne savait pas ce matin quels cours on aurait durant la journée, personne n'avait apporté de linge d'éduc. Le prof en était conscient et il ne nous a pas trop fait suer. J'ai pogné Éric Dubreuil comme professeur d'éducation physique. Je l'ai déjà eu il y a deux ans et il m'avait *full* impressionnée parce que je le trouvais *cool*. Il devait avoir, genre, 26 ou 27 ans à l'époque, mais, maintenant que sa trentaine approche, on dirait que je le trouve moins intéressant... C'est bizarre. Pourtant, il n'a pas changé tant que ça!

Anyway, ça n'a pas été trop l'enfer cette fois-ci. C'est probablement le cours que je déteste le plus au monde parce que c'est celui où je suis la plus poche et où je m'humilie régulièrement. Mais, aujourd'hui, on n'a pas fait de sport. Le prof nous a juste parlé du plan de cours (on fera de la musculation, du cardio, du basketball et du cross-country, entre autres... Yé...).

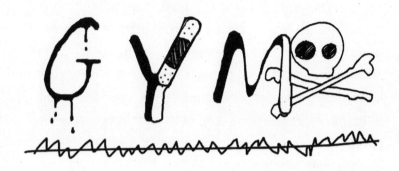

Ensuite, il nous a pesés, a mesuré notre pourcentage de gras dans le corps et notre force musculaire à l'aide d'appareils que je n'avais jamais vus auparavant. (Genre, pour mesurer la force des mains, il fallait tenir une espèce de poignée en métal, les bras le long du corps, et serrer autant qu'on en était capables et là, il y avait une aiguille qui montait sur un cadran au bout de la poignée. C'était quand même chouette de comparer les résultats de tout le monde. Au moins, je n'étais pas la plus faible! La victoire est proche!)

Bref, le cours était correct. J'ai par contre passé la moitié du temps à me répéter qu'il fallait que je m'achète un cadenas pour le vestiaire, vu que Guillaume m'a piqué mon ancien cadenas il y a quelques jours. Apparemment, il a perdu le sien et, comme je travaille maintenant, je peux m'en payer un autre. Sa vision des choses...

Pas grave. Celui que j'avais, certaines personnes de mon école en connaissaient le code (à la suite d'une petite mésaventure, l'an passé)... Ça me soulagera donc d'en avoir un nouveau; je n'aurai plus besoin d'être la dernière à quitter le vestiaire avant le cours et la première à y retourner après pour éviter que mes effets personnels et mon linge ne disparaissent encore une fois...

Après le cours d'éduc, il restait quand même l'heure et quart d'étude. Enfin, ils appellent ça «Étude», mais, en vérité, les profs et le personnel de l'école se fichent bien de ce qu'on fait, en autant qu'on respecte certaines règles assez évidentes (genre: «Ne courez pas dans les couloirs», «Silence dans la bibliothèque», etc.). Également, ce ne sont pas tous les locaux qui sont ouverts. Il y a la bibli, les deux moitiés du gymnase (une pour le sport, l'autre pour la muscu), les activités étudiantes (journal, radio, etc.), le local d'info (même si on n'a pas de cours d'informatique, c'est pratique de pouvoir y aller pour faire des recherches ou autres, mais plusieurs boudent cet endroit car l'accès aux réseaux sociaux y est bloqué) et, si on le demande à l'avance, les locaux de théâtre, musique et arts plastiques peuvent être ouverts sous la surveillance d'un prof.

École secondaire Sainte-Jeanne-des-Eaux
99, boul. des Prairies, Sainte-Ernestine QC G0Z 1P9

Activités parascolaires

Les feuilles d'inscriptions sont affichées à côté des locaux.
Il y aura des épreuves de sélection pour les activités surlignées.

Jour	Heure	Lieu	Niveau	Nom de l'activité	Inscription
Lundi	16-17 h	Local d'art dram.	Pour tous	Improvisation	Local S-240
Lundi	16-18 h	Gymnase	Pour tous	Cross-country	Local F-100
Lundi	-18-20 h	Gymnase	IIIe-V^e	Badminton intermédiaire mixte	Local F-100
Mardi	18-20 h	Gymnase	IVe-V^e	Basketball masculin	Local F-100
Mardi	16-17 h	Cafétéria	Pour tous	Club de bénévolat	Local C-220
Mardi	16-17 h	Local journal étudiant	Pour tous	Journal étudiant	Local S-260
Mardi	16-18 h	Local d'art dram.	Pour tous	Troupe d'expression dramatique	Local S-240
Mercredi	16-17 h	Local journal étudiant	V^e	Comité de l'album des finissants	Local S-260
Mercredi	16-18 h	Labo. de langues	Pour tous	Génies en herbe	Local S-200
Mercredi	16-18 h	Gymnase	IVe-V^e	Volleyball masculin	Local F-100
Mercredi	16-18 h	Aréna Chapleau	I^e-IIe	Hockey	Local F-100
Jeudi	16-18 h	Gymnase	IVe-V^e	Volleyball féminin	Local F-100
Jeudi	16-17 h	Local de Science et technologie	IIIe-V^e	Jeunes entrepreneurs	Local B-130
Jeudi	16-17 h	Cafétéria	Pour tous	Club d'échecs	Local C-220
Vendredi	16-18 h	Aréna Chapleau	IIIe-V^e	Hockey	Local F-100
Vendredi	16-18 h	Labo. de langues	Pour tous	Espagnol pour débutants	Local S-200

Avec mon travail à la librairie,
je ne crois pas que j'aurai du temps à consacrer
au club de bénévolat...

La cafétéria est disponible sous certaines conditions: on ne sert plus de nourriture et le niveau de décibels doit demeurer raisonnable. Il y a des surveillants et/ou des profs dans chacun des endroits. Le secrétariat est ouvert aussi et, bien évidemment, le local de retenue. Normalement, les étudiants sont censés utiliser ce temps-là pour faire leurs devoirs, leurs travaux ou s'avancer dans leurs activités parascolaires, mais bon… Il ne faut pas se leurrer non plus. Tant que la température le permet, beaucoup d'entre eux ne font que traîner dehors pour jaser et fumer.

Ben quoi?
J'ai pas le droit
de me détendre en
lisant des BDs? ☺

Traitez-moi de *geek* encore une fois, mais, moi, j'aime bien ce moment-là de la journée. Ça me permet de relaxer, de lire et d'écrire. Je vais toujours à la bibli pendant la période d'étude (sauf les rares fois où je me rends au local d'info pour finir un travail, ou de musique pour *chiller* avec le reste du *band*).

Toutefois, aujourd'hui, quand Ana est allée à la bibliothèque pour me rejoindre, je n'y étais pas; je cherchais Raphaël. J'ai fini par le trouver dehors avec sa *gang*. Quand il m'a vue, il m'a saluée poliment de la main, mais j'ai bien vu dans son attitude qu'il ne souhaitait pas que je me joigne à eux. J'allais m'avancer vers lui et lui balancer ma façon de penser quand j'ai entendu un de ses amis s'exclamer: «Hé! V'là une autre de tes admiratrices!», puis tous les gars ont éclaté de rire. Ça m'a fait mal. Raphaël ne leur a pas dit que je suis sa blonde? Aurait-il honte de moi?

Je n'allais certainement pas lui donner l'occasion de m'humilier davantage. J'ai donc tourné les talons, furieuse, et je suis partie à la bibli. Ana m'y attendait et m'a demandé ce qui n'allait pas. Je n'avais pas le cœur de lui parler de ce qui venait de se passer, alors j'ai juste répondu: «Je sors d'éduc», comme si ça expliquait mon air renfrogné, et elle a eu l'air d'accepter mon excuse.

Je voulais appeler Raphaël ce soir, mais je n'ai pas osé. Ce n'est pas à moi de le faire, non plus! S'il tient à moi, il me téléphonera et s'excusera pour le comportement de ses amis... et le sien!

Mais il est déjà 20 h... Et s'il n'appelle pas?

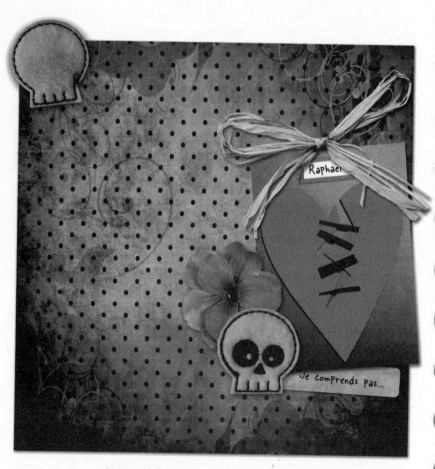

Je passe le temps en fignolant mon scrapbook, mais le cœur n'y est pas tellement...

*

Fiou! Il a appelé. Et s'est excusé. Notre
conversation:

— Allô?

— Justine?

— Qu'est-ce que tu veux?

— Je... Je voulais m'excuser. J'étais pas
mal froid aujourd'hui, j'aurais dû t'avertir. Tsé...
(Il soupire.) L'autre soir, au *skatepark*, les filles
qui étaient là, ben... certaines d'entre elles peuvent
s'avérer assez méchantes. Tu connais Daphnée,
hein? Déjà qu'elle était pas trop amie avec toi les
années passées, ben maintenant, elle sort avec Max.
Et comme Max c'est genre mon meilleur *chum*, je ne
voulais pas te causer plus de trouble en te forçant
à les fréquenter, Max et elle. C'est pour ça que
j'ai gardé mes distances. Pour ne pas qu'elle et ses
amies s'en prennent à toi.

Je ne savais pas quoi dire. Raphaël s'en
faisait pour moi? Certes, sa raison était peut-être
un peu nébuleuse, mais, dans le fond, ça voulait dire
que je suis vraiment importante pour lui!
J'étais tellement surprise que j'ai comme figé.
Après un silence, il a tâté le terrain:

— Euh, allô?

— Allô! Euh, je sais pas quoi dire... Merci?

— De rien. T'es pas fâchée?

J'ai songé à mes années passées au secondaire et même au primaire. Déjà que ce n'était pas la joie, côté social... Et si sortir avec Raphaël devait transformer ma vie en un enfer, je n'avais vraiment pas besoin de ça. Et puis, qu'est-ce que je m'imaginais? Que sortir avec le gars le plus en demande de l'école allait m'attirer l'admiration et le respect de tous? Idiote...

— Non, ça va, que j'ai fini par répondre.

— Tant mieux! Aussi, mes parents s'inquiètent pour mes études maintenant que j'ai une blonde en plus d'un travail à temps partiel, alors ils ont insisté pour qu'on se voie juste la fin de semaine...

Ouch! Deuxième contrainte à accepter en très peu de temps... Respire, Justine; il a de bons arguments. Ne va pas t'imaginer des choses; il ne fait pas ça pour t'éviter, voyons! Tu es sa blonde! J'ai donc inspiré à fond avant de déclarer:

— C'est plate, mais c'est OK, je comprends. (Au final, je sais que ça fera le bonheur de ma mère et qu'elle appréciera Raphaël davantage à cause de ça.)

— À moins qu'on fasse croire à nos parents qu'on a des travaux d'équipe en maths, a-t-il ajouté sur un ton taquin qui m'a fait rire.

Après ça, on a discuté un peu, mais, comme il commençait à être tard, ma mère m'a discrètement fait comprendre qu'il était temps de raccrocher. Enfin, « discrètement »... Elle est entrée dans ma chambre sans frapper, s'est plantée devant moi, s'est éclairci la gorge et, avec un air un peu sévère, a désigné mon cadran. Il était 21 h 06. Alors, pour ne pas être punie et privée de sortie en fin de semaine, j'ai obéi... non sans ronchonner un peu et lui reprocher gentiment son intrusion dans MA pièce. Elle n'a pas eu l'air de le remarquer et m'a signifié d'aller prendre ma douche et de gagner mon lit:

— Il est assez tard et je te connais: avant que tu aies fini ta routine dans la salle de bain, il sera 23 h. J'aimerais bien y aller aussi et je ne veux pas me coucher à une heure du matin. Allez, hop! On bouge!

Là, je viens de sortir de la douche et j'en profite pendant que ma mère se lave et ne sait pas que je suis encore debout pour écrire, mais ça fait maintenant quelques minutes que l'eau ne coule plus. Elle sortira bientôt de la salle de bain, alors je vais me coucher. De toute façon, il n'y a plus grand-chose à ajouter sur cette journée. Je vais donc au lit le cœur plus léger et le sourire aux lèvres en pensant à Raphaël. Mon *chum*...

Tout va bien maintenant!

Bonne nuit!

JOUR 2!

Deuxième journée de ma troisième année au secondaire.

Premier cours: j'ai rencontré ma nouvelle prof de français, madame Beauchemin, et elle est vraiment gentille. C'est une dame d'un certain âge (genre fin de la quarantaine, début cinquantaine), toute ronde, mais pas obèse. Elle est juste ronde, un peu comme un sablier écrasé... Ses beaux et longs cheveux gris étaient coiffés en chignon et elle portait une espèce d'ensemble veston et jupe. Elle est *cute*, comme une bonne grand-mère. Je m'attends toujours à sentir une odeur de biscuits quand elle est dans les parages...

Elle nous a demandé de nous présenter dans une mini composition d'environ cent mots (sans doute pour évaluer l'ampleur des dommages qu'elle devra tenter de corriger au fil des prochains mois). Plusieurs élèves ont chialé (évidemment), mais, moi, j'étais contente; j'adore écrire!

Comme j'aimais bien la petite présentation que j'avais faite en tant qu'exercice d'écriture au début de l'été (et que j'ai collée dans ce *scrapbook* par après), j'ai essayé de la reproduire. Pas parce que je suis paresseuse! Juste parce que c'était un bon résumé de ma vie et je ne voyais pas pourquoi j'en aurais inventé un autre. Et puis, j'étais fière de la tournure de certaines phrases!

Madame Beauchemin nous a ensuite demandé de lui remettre nos textes. J'ai bien hâte de voir ce qu'elle en dira au prochain cours...

Après ça, on a commencé la vraie matière. Les lectures obligatoires semblent plutôt *cools* cette année et, avec madame Beauchemin, on pourra choisir ce qu'on va lire! C'est sûr que la liste de choix n'est pas super longue, mais quand même! En tout cas, je sais ce que je choisirai comme première lecture: du Patrick Senécal!

Une fois la leçon de français terminée, j'ai eu mon premier cours d'E.C.R. (Éthique et culture religieuse). Bon, on ne se le cachera pas, ce n'est pas la matière la plus excitante, mais je trouve quand même ça intéressant d'essayer de comprendre les différentes façons de penser des gens. C'est peut-être mon côté écrivain! Le cours d'E.C.R. me permet de creuser encore un peu plus loin et aussi de voyager à travers les récits et

LECTURES OBLIGATOIRES

Vous devrez lire au moins 5 livres au courant de l'année scolaire. Vous pourrez choisir parmi cette liste, en tenant compte des critères suivants : 1) lire au moins deux genres différents (pas seulement des romans, mais du théâtre et de la poésie également); 2) choisir au moins un livre dans chaque catégorie (québécois, classiques, contemporains). Vous devrez remplir une fiche de lecture pour chaque ouvrage. Les titres suivis d'un astérisque sont disponibles en format électronique et téléchargeables gratuitement.

Québécois

Titre	Auteur	Genre	Pages	Choix
Les Belles-Sœurs	Michel Tremblay	théâtre	94	
Annabelle ~~~ Pas sûre...	Marie Laberge	roman	486	
Bonheur d'occasion	Gabrielle Roy	roman	414	
Zone	Marcel Dubé	théâtre	190	
Poésies complètes*	Émile Nelligan	poésie	250	
5150, rue des Ormes ⟵ YES !!!!!!	Patrick Senécal	roman	367	
Incendies	Wajdi Mouawad	théâtre	92	
Maina	Dominique Demers	roman	362	
Le vieux chagrin	Jacques Poulin	roman	155	
Chevaliers d'Émeraude. Tome 1	Anne Robillard	roman	341	
Les gens de mon pays – L'intégrale des chansons	Gilles Vigneault	poésie	480	
Agaguk	Yves Thériault	roman	394	

Classiques français

Titre	Auteur	Genre	Pages	Choix
Les Trois Mousquetaires*	Alexandre Dumas	roman	(1030)	
La peau de chagrin*	Honoré de Balzac	roman	132	
Les Fleurs du mal*	Charles Baudelaire	poésie	290	
Marius	Marcel Pagnol	théâtre	120	
Voyage au centre de la Terre*	Jules Verne	roman	477	
Le malade imaginaire*	Molière	théâtre	78	
Le roman de la momie*	Théophile Gautier	roman	353	
Cyrano de Bergerac*	Edmond de Rostand	théâtre	208	

Contemporains ou traductions

Titre	Auteur	Genre	Pages	Choix
Twilight. Tome 1 – Fascination	Stephenie Meyer	roman	576	
Harry Potter. Tome 1 – À l'école des sorciers	J.K. Rowling	roman	305	
Azteca	Gary Jennings	roman	754	
Le parfum	Patrick Suskind	roman	279	
La ferme des animaux	George Orwell	roman	150	
Roméo et Juliette*	William Shakespeare	théâtre	133	
Jane Eyre*	Charlotte Brontë	roman	718	
Fahrenheit 451	Ray Bradbury	roman	224	
Dix petits nègres	Agatha Christie	roman	244	
Et si c'était vrai...	Marc Lévy	roman	253	
Mort d'un commis voyageur	Arthur Miller	théâtre	197	
Évangéline	H.W. Longfellow	conte	80	

les images dans mon manuel. Si la matière est plate, je regarde les photos et je m'imagine ailleurs...

Comme pour les autres cours, on a reçu notre manuel, survolé le sujet, etc. Et ma prof, Lucie Laplante, est correcte. C'est une femme dans la quarantaine, maigre, avec les cheveux courts, des lunettes aux épais contours noirs et un visage un peu amer. Elle est assez rigide, genre, tu sais d'avance que, si tu lui arrivais avec un problème, elle te dirait que ça demeure TON problème, pas le sien... Mais peut-être que je me trompe...

Après E.C.R., j'ai eu mon premier cours d'anglais enrichi! Au début, j'ai un peu paniqué parce que je ne déchiffrais presque rien de ce que Lio disait, mais, après comme une quinzaine de minutes, on dirait que mon cerveau a saisi ce qui se passait, a *switché* de langage et je me suis mise à tout comprendre! C'était vraiment *cool* et bizarre en même temps. Comme si j'avais toujours parlé anglais et que ma tête l'avait juste oublié... jusqu'à aujourd'hui. Oh! Peut-être que j'ai aussi un petit *alien* dans ma tête et que ça lui a pris une dizaine de minutes avant de reconnaître la langue et d'appuyer sur le bon bouton pour la traduction... Ça expliquerait bien des choses.

Anyway, ça s'est bien passé finalement. Lio est comme je m'en souvenais: plein d'entrain, sautillant, un peu stressant sur les bords, mais il est toujours de bonne humeur et c'est le *fun* de faire partie de son entourage. Pour la matière, le premier cours a été assez facile. Lio nous a annoncé ce qu'on allait faire (exposés, lectures, visionnements et autres trucs) et nous a demandé quelles émissions de télé on aimait regarder. Y'a eu plein de suggestions, sauf que c'étaient toutes des émissions québécoises. Lorsque j'ai mentionné *Dexter*, Lio a eu l'air surpris et content. Il s'est exclamé: « *Yes! That's what I'm talking about!* » J'avoue que j'étais assez fière. Après ça, les autres élèves ont commencé à suggérer des titres en anglais et Lio a réduit nos choix à trois séries:

Once Upon a Time (fantastique), *Person of Interest* (policier) et *New Girl* (humour). Toutes des séries que je ne connaissais pas... Il nous a dit d'en sélectionner une parmi celles-là et de l'écouter toutes les semaines. Il nous faudra produire un résumé d'une demi-page pour chaque épisode visionné. Il y aura bien sûr quelques devoirs qui s'ajouteront ici et là, mais écouter la télé en anglais et faire un résumé seront les principaux devoirs d'anglais dans notre agenda. J'aurais bien aimé qu'il donne *Dexter* dans les choix, mais bon... J'ai fini par choisir *New Girl*.

J'aurais aimé prendre *Once Upon a Time* parce que ç'a l'air *cool* et que c'est du fantastique, mais Lio nous a avertis que cette émission ne joue que les dimanches à 20 h, et je ne voudrais pas empiéter sur le temps que Raphaël et moi pourrons passer ensemble les fins de semaine. Mais, maintenant que j'y songe: même s'il voulait me voir le dimanche soir, je ne pense pas que ma mère accepterait de me laisser sortir passé 20 h parce que j'ai de l'école le lendemain. *Anyway,* Lio a dit que si on

voulait, après quelques semaines, on avait le droit de changer de série, alors...

À l'heure du dîner, je n'ai évidemment pas pu voir Raphaël. Sérieux, même si je comprends ses raisons de vouloir garder ses distances à l'école, et même si je lui suis reconnaissante de ne pas vouloir m'attirer d'ennuis, je trouve ça quand même vraiment poche... J'en ai parlé à Ana et elle a dit que c'était sans doute une bonne idée, mais elle n'avait pas l'air très convaincue. Elle a tout de même fait son possible pour me remonter le moral.

ANA = N° 1

Pour finir la journée sur une meilleure note (c'est le cas de le dire), j'ai eu mon premier cours de musique! J'adore ce cours-là! Nous ne sommes pas très nombreux en troisième secondaire à avoir choisi la musique comme option — le groupe se compose de seulement 16 étudiants —, ce qui fait que l'ambiance est hyper agréable et intime! Comme une vieille *gang* d'amis. On est plus un *band* qu'un orchestre et, pour la plupart, on se côtoie depuis l'an passé. C'est le *fun* parce que ça crée comme une chimie, une proximité dès la première rencontre. Ma prof est la même que l'année dernière: Charlotte Lemieux. Sa coiffure demeure inchangée, jour après jour (une espèce de queue de cheval pas finie) et elle porte toujours le même genre de vêtements (un ensemble pantalon et veston, mais très décontracté). Elle fait vraiment «artiste». Juste à la regarder, on devine qu'elle doit travailler dans un domaine artistique! Charlotte est passionnée par la musique: elle a étudié à l'université, puis a fait une petite carrière dans un orchestre symphonique (j'ai oublié lequel) avant d'opter enfin pour l'enseignement. Je ne sais pas trop pourquoi elle a quitté l'orchestre, mais, moi, je suis bien contente de l'avoir comme prof. Sa passion est très communicative.

Elle nous a dit qu'on apprendrait cette année un seul instrument et qu'on ne pourrait pas changer pour le reste de l'année ni même les années suivantes (à moins d'une raison majeure).

L'an dernier, on jouait des morceaux vraiment trippants!

En deuxième secondaire, on a essayé quatre instruments différents afin d'être en mesure de bien choisir NOTRE instrument. J'ai finalement adopté la flûte traversière pour sa tonalité digne des légendes d'Irlande et pour la pose gracieuse qu'on prend quand on en joue. Donc, voilà, je suis maintenant «propriétaire» de la flûte traversière numéro 12 jusqu'à la fin de l'année. Personne

171

d'autre n'a le droit de la prendre et je peux l'apporter chez moi. Je dois évidemment l'entretenir, la nettoyer et, si je la perds, une facture sera envoyée à mes parents, mais ça ne devrait pas se produire, voyons! Qui peut bien égarer un instrument de musique?

Enfin, pour terminer la journée, il y a eu l'heure et quart d'étude où j'en ai profité pour trouver un roman qui m'intéressait à la bibliothèque. Ana était déjà plongée dans ses devoirs (Bizarre! Comment se fait-il qu'elle ait toujours une tonne de devoirs alors que moi – de même que tous les autres étudiants! – en avons une quantité plutôt normale? S'invente-t-elle des travaux? Je la soupçonne de prendre de l'avance pour le cégep, des fois!).

Donc, c'était ma deuxième journée. J'ai fini de souper il y a une demi-heure, j'ai fait mes devoirs en arrivant pour m'en débarrasser et, là, j'attends que Raphaël m'appelle, mais c'est long! Il est presque 20 h 30... Qu'est-ce qu'il fait?

Bon, je vais lire un peu pour me changer les idées... À plus!

*

Raphaël m'a téléphoné vers 20 h 45, mais ma mère m'a indiqué qu'il fallait raccrocher quinze minutes plus tard... Il avait une pratique avec l'équipe de volleyball et est arrivé chez lui à 20 h... Tiens, je ne savais même pas qu'il jouait au volleyball! Je me rends compte que, même si on a passé beaucoup de temps ensemble cet été et qu'on s'est parlé au téléphone tous les jours, il reste encore plein de trucs que j'ignore au sujet de Raphaël. D'ailleurs, je viens d'apprendre que presque tous les soirs de sa semaine sont consacrés à des entraînements: volleyball les mardis, basketball les mercredis et hockey les vendredis. Sans oublier les samedis matins où, là, c'est le soccer!

Je suppose que c'est ce qui fait de lui un gars populaire... Je me sens un peu nulle de ne rien faire!

Déjà la moitié de la semaine écoulée! Aujourd'hui, je n'ai eu qu'un seul nouveau cours: Histoire. Mon prof, c'est Dinosaure Bouchard (Claude, de son prénom).

J'aurais dû trouver un dinosaure moins *cute*...

Sérieux, cet homme aurait dû prendre sa retraite il y a, genre, 15 ans! Bon, il ne doit pas être si vieux que ça – il n'a pas soixante-quinze ans, quand même, mais plutôt le début de la soixantaine, sauf qu'il a le moral fatigué. Sa lassitude transparaît dans son enseignement. Les questions, il s'en fout. Les réponses, il les connaît par cœur et il déballe sa matière sans même s'en rendre compte, je pense. Il n'est pas très grand (je suis plus grande que lui!), porte de grosses lunettes carrées au *frame* argenté (à la mode dans les

174

années 1980) et a des cheveux blancs courts tout frisés qui font comme deux petits cônes de chaque côté de sa tête. Je l'ai souvent croisé dans les corridors, mais je ne l'avais jamais eu comme prof. Le surnom de Dinosaure est connu de tous les élèves et je pense que très trrrrèèèès peu d'entre nous l'ont déjà vu sourire... Cours passionnant en perspective.

Pendant le cours, Mérédith et Isabelle réprimaient des fous rires à l'arrière de la classe. Monsieur Bouchard, tel un stégosaure englué dans le pétrole, s'est lentement détourné du tableau pour les observer par-dessus ses grosses lunettes démodées. Voyant ça, la moitié de la classe (l'autre moitié devait être occupée à rêvasser ou à crayonner) s'est aussi tournée pour voir ce que les deux nunuches tramaient. Elles se sont empressées de replier un morceau de papier chiffonné et de se redresser sur leurs sièges en jetant des coups d'œil appuyés dans ma direction (il me semble).

Satisfait que tout soit rentré dans l'ordre, et probablement parce qu'il n'avait pas l'énergie nécessaire pour les semoncer (oui, oui, c'est un vrai mot! Je l'ai lu dans mon roman hier. Ça veut dire «sermonner»), monsieur Bouchard a repris exactement là où il s'était arrêté. Je vous jure qu'il a vraiment continué la même phrase! *Booooriiiiing!*

C'est moi qui deviens parano ou Mérédith et Isabelle se moquaient de moi? Grrr! Ce que je donnerais pour connaître le contenu de ce bout de papier... Mais bon, passons à autre chose...

Comme pour s'excuser de m'avoir imposé ce cours-là aujourd'hui, l'Univers (ou l'administration?) s'est racheté en m'accordant un cours de français tout de suite après. Déjà, c'est un bon point pour l'Univers, mais, attendez, il y a encore mieux! Madame Beauchemin avait déjà corrigé nos présentations et... non seulement j'ai obtenu une excellente note, mais la prof a également lu des bouts de mon texte à voix haute devant la classe! Bon, OK, ça m'attirera sûrement quelques regards furieux et des mauvaises surprises durant les prochains jours, mais je m'en fiche; j'étais trop fière qu'elle ait aimé mon travail!

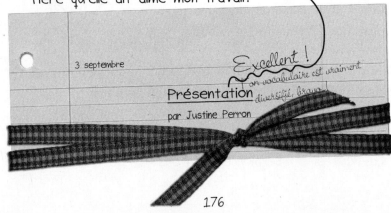

3 septembre

Excellent!
Ton vocabulaire est vraiment
diversifié, bravo!

Présentation

par Justine Perron

Mais ce n'est pas tout! Après le cours, madame Beauchemin m'a demandé de rester un instant. Quand tout le monde a été parti, elle m'a félicitée et m'a subtilement demandé si j'avais «emprunté» ce texte-là quelque part. (Elle a dit un truc du genre: «Où as-tu trouvé l'inspiration pour ta présentation?», mais j'ai compris ce qu'elle voulait dire.) J'ai répondu que ce texte était une copie: qu'il s'agissait en fait d'un exercice d'écriture que j'avais composé plus tôt cet été à la suite de ma lecture d'un livre ayant pour sujet la rédaction professionnelle. Elle a eu l'air très surprise et m'a dit que je semblais vraiment mature pour mon âge. Ensuite, elle a ajouté:

— Si ça peut t'intéresser, nous cherchons des jeunes comme toi afin de collaborer au journal de l'école.

— Merci, c'est gentil, mais je n'ai aucun intérêt pour les actualités et les potins, ai-je répondu (ce qui est à moitié vrai, car j'aime bien me renseigner sur la vie des acteurs... surtout Chris Hemsworth!).

— Tu n'es pas obligée d'écrire sur ces sujets, tu sais. Tu pourrais... créer un feuilleton!

Elle avait l'air tellement fière de son idée spontanée que je n'ai pas eu le cœur de refuser.

J'ai dit que j'y penserais et, honnêtement, j'ai passé la majeure partie de l'heure d'étude à y réfléchir.

— Mais oui, m'a encouragée Ana à voix basse. Ça te fera une expérience intéressante à inscrire sur ton curriculum vitæ!

Hein? Mon CV? Et c'est moi que madame Beauchemin trouve mature? Sacrée Ana... Elle n'a pas tout à fait tort, par contre. Même si j'ai déjà un travail à temps partiel dans une librairie, le fait de collaborer au journal étudiant de mon école constituera un atout indéniable pour «future Justine» quand il sera temps de faire des applications au cégep ou à l'université. Ou pour envoyer des textes à un éditeur!

— Pfft! Pas rap, ai-je tout de même répliqué avec un sourire moqueur.

Puis, plus sérieusement, je lui ai chuchoté ce qui m'angoissait:

— Mais si ce que j'écris n'est pas bon?...

— Tant et aussi longtemps que tu n'écriras que pour toi, tu ne sauras jamais si ce que tu produis est réellement bon ou pas. Tu dois te soumettre à l'opinion d'un public, avec ce que ça comporte de désavantages et de bienfaits, pour devenir une véritable auteure.

178

JUSTINE PERRON
35, rue des Camélias
Sainte-Marie-Anne-des-Anges, QC G9X 3S6
justineperronecrivaine@hotmail.com

Un jour, quand j'aurai ENFIN mon cell, j'écrirai le n° ____ ICI !!!

Objectif de carrière : devenir écrivaine

SCOLARITÉ

En cours   **Diplôme d'études secondaires**
                            École Sainte-Jeanne-des-Eaux, Sainte-Ernestine

EXPÉRIENCE DE TRAVAIL

Juillet à …   **Librairie L'Évasion, Sainte-Marie-Anne-des-Anges**
                            Poste : commis (libraire)
                            Référence : M. Gilbert Dumas, propriétaire (819-555-1900)

EXPÉRIENCE CONNEXE

Rédactrice (?) Auteure (?) Journal étudiant

Liste de mes publications :

● À venir !!

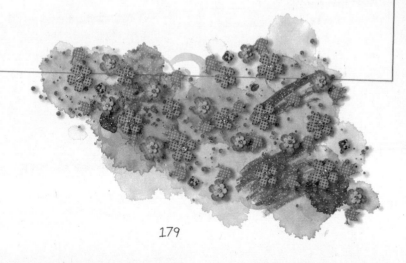

Je l'ai regardée intensément en hochant la tête. Comme elle peut être lucide, ma *best*! Wow! Piiiou! Et les mots qu'elle utilise! Je suis presque gênée de vouloir devenir auteure sans avoir son vocabulaire!

Tout de même, les paroles philosophiques d'Ana ont fait leur chemin. Et, finalement, ça me tente! Ce serait un excellent outil, une bonne pratique pour mon écriture et je pourrais recevoir des commentaires pour m'aider à m'améliorer! J'ai un autre cours de français vendredi et je compte dire à ma prof que j'accepte son offre.

Voilà! C'est pas mal le résumé de ma troisième journée. Je me prends vraiment en main! On ne pourra pas dire ensuite que je ne fais rien!

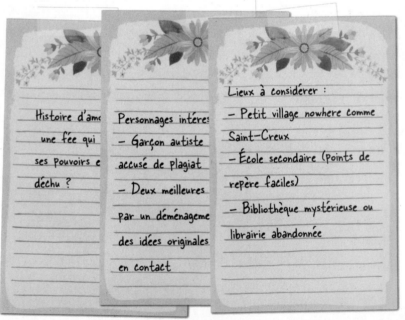

Histoire d'am
une fée qui
ses pouvoirs e
déchu ?

Personnages intéres
— Garçon autiste
accusé de plagiat
— Deux meilleures
par un déménageme
des idées originales
en contact

Lieux à considérer :
— Petit village nowhere comme
Saint-Creux
— École secondaire (points de
repère faciles)
— Bibliothèque mystérieuse ou
librairie abandonnée

FIN DE SEMAINE
DE LA RENTRÉE

Une semaine déjà est passée.
C'est le premier *week-end* depuis la rentrée et,
franchement, c'aurait pu être mieux...

Tout avait pourtant tellement bien commencé.

Je suis allée travailler à la librairie samedi
matin. Pendant la semaine, tout plein de nouveautés
avaient été déballées et attendaient patiemment que
je les place. J'avais d'ailleurs eu un éclair de génie
pendant mon cours d'E.C.R. et j'avais vraiment hâte
de le concrétiser! Un peu à l'image des libraries à
grande surface, je souhaitais incorporer un petit
palmarès des *best-sellers*, genre, le top 10 des
succès de l'heure à L'Évasion. Derrière le comptoir
de la caisse, il y a un grand mur sur lequel on
appose parfois des affiches, ainsi qu'une tablette
qui accumule de la poussière et des bouts de
crayons usés. Pendant ma période d'étude de
vendredi, j'avais consacré au moins une demi-
heure à la fabrication de l'écriteau indiquant
«meilleurs vendeurs» (en français, c'est mieux).

J'ai tout nettoyé derrière la caisse, puis j'ai sorti la liste des titres les plus populaires et les ai placés bien en évidence, avec un petit écriteau indiquant leur position dans le palmarès, de 1 à 10. Bon, ce n'est pas une science exacte, hein... Cette semaine, par exemple, on a vendu beaucoup de dictionnaires puisque c'est la rentrée des classes, et ça ne me tentait vraiment pas de mettre ce type de livre de l'avant! Ce n'est pas représentatif, et les gens ne veulent pas lire ça! Aussi, le dernier roman de Michel Tremblay était en rupture de stock (en fait, monsieur Dumas en avait seulement commandé six exemplaires et il les a tous vendus après que l'émission *Tout le monde en parle* ait été diffusée) et, comme je ne voulais pas avoir une case vide pour mon premier palmarès, j'ai sauté au livre suivant.

MEILLEURS VENDEURS

J'ai ensuite passé le reste de mon avant-midi à faire des piles, à déplacer des livres d'une section à une autre afin de faire de la place pour les nouveautés, qui arrivent par grosses cargaisons à ce temps-ci de l'année. Monsieur Dumas rouspète d'ailleurs beaucoup à ce propos et se plaint à qui veut l'entendre que «septembre, c'est bien trop de bonne heure pour commencer à stocker des ouvrages pour le temps des Fêtes». Et si on ose lui faire remarquer (à tort ou pas) qu'en tant que libraire indépendant, il peut bien commander ce qu'il veut quand il veut, il répond qu'il ne souhaite pas perdre sa clientèle au profit des grosses chaînes de librairies...

À 13 h, j'ai détalé vers la maison pour voir si Raphaël avait téléphoné. J'ai attendu son coup de fil, qui n'est venu qu'à 14 h 45! Sa pratique de soccer s'était un peu étirée ce matin, apparemment.

De plus, il m'a fait comprendre qu'il avait un match à l'extérieur de la ville demain matin (zut!), alors il a proposé qu'on se voie, genre, tout de suite. J'ai demandé l'autorisation à mes parents et le nouvel *alien* de ma mère (que j'ai baptisé Neila – une anagramme de «*alien*») s'est montré *full* enthousiaste! Mon père a renchéri en invitant carrément Raphaël à souper. Ish! Cette invitation allait-elle traumatiser mon *chum*? Pour mon plus grand bonheur, Raphaël a accepté en disant qu'il n'était pas

difficile et qu'il n'était allergique à aucun aliment.
Alors mon père s'est hyper emballé et a décrété
qu'il préparerait son fameux poulet aux épinards
pour l'occasion. Raphaël a paru ravi et m'a dit qu'il
arriverait vers 15 h 30 (le temps de prendre sa
douche et tout ça).

150 RECETTES FACILES POUR LE LUNDI SOIR

LA FAMEUSE RECETTE DE MON PAPA!

Poulet aux épinards et au lait de coco

6 PORTIONS
15 MINUTES DE PRÉPARATION
45 MINUTES DE CUISSON

Ingrédients

6	cuisses de poulet
1 kg	épinards frais
2	oignons émincés
2	gousses d'ail
1. c à thé	gingembre haché
1	boîte de lait de coco
1/2 l	bouillon de volaille
	sel, poivre (au goût)

Préparation

Dans une cocotte, faire dorer les morceaux de poulet. Réserver.

Faire rissoler les oignons émincés, l'ail écrasé, le gingembre.

Ajouter le bouillon de volaille et faire réduire pendant 5 minutes.

Ajouter le lait de coco et amener à ébullition.

Remettre dans la cocotte les morceaux de poulet et laisser cuire à feu moyen pendant 30 à 45 minutes jusqu'à ce que le poulet soit cuit.

Pendant ce temps, faire blanchir les épinards dans un grand chaudron d'eau salée pendant 1 minute. Refroidir aussitôt. Presser les épinards entre les mains pour en extraire tout le jus.

Ajouter les épinards au poulet et laisser mijoter pendant 5 minutes. Servir avec du riz parfumé.

280

Dès que j'ai raccroché, je me suis «garrochée» dans mon garde-robe et j'ai changé de vêtements dix fois. Une fois mon kit choisi, je me suis embarrée dans la salle de bain pour me maquiller, mais j'admets que j'ai dû m'y reprendre trois fois avant d'avoir un maquillage que j'aimais: naturel et discret, car il ne s'agissait après tout

«Naturel et discret», ça ne signifie pas facile!

mlle teen

15 conseils maquillage par des pros

Dans ce numéro :
Toi et ta *BFF*
3 quizs drôles
Dossier « anorexie »

Trucs beauté pour l'été

Comment s'habiller comme les **stars**

Mai-juin, vol. 2, n° 3

que d'un souper chez moi avec mes parents, mon *chum*... et mon frère, apparemment (je n'ai pas réussi à m'en débarrasser).

Raphaël est arrivé à l'heure prévue et je l'ai présenté à mes parents. Bon, tout le monde sait à quoi ça ressemble, une rencontre *chum*/blonde-parents: on les nomme, ils se serrent la main et on fonce aussitôt dans notre chambre avec notre *chum*/blonde avant que les parents commencent l'embarrassante séance de questions.

Une fois dans ma chambre, je me suis rendue compte que, si je m'étais préparée MOI, je n'avais pas songé à organiser mes affaires pour les rendre présentables, comme en témoignaient mon lit à moitié défait et les vestiges de ma panique vestimentaire traînant un peu partout... J'aurais aussi voulu enterrer les peluches qui trônaient sur ma commode et arracher le poster de Chris Hemsworth (torse nu, dans une pose *sexy*) occupant l'un de mes murs. La honte! Qu'est-ce que Raphaël allait bien penser de moi?

Maquillage réussi...

Joues rougies par la gêne profonde!

Cette situation pour le moins embarrassante m'a fait réaliser qu'il faudrait vraiment que je pense à apporter quelques modifications à mon décor...
À cogiter!

Ma mère est arrivée derrière nous et a entrebâillé la porte pour nous demander si nous voulions boire quelque chose. Pas tellement subtile! J'ai tout de suite vu dans son regard et la façon qu'elle avait d'observer mon *chum* qu'elle était simplement venue s'assurer que nous n'allions pas nous embrasser derrière une porte close. En repartant, elle a laissé la porte grande ouverte. Malaise! Ni Raphaël ni moi n'avions été dupes de son stratagème. Je me suis sentie encore plus embarrassée, car Raphaël n'avait pas du tout fait mine de m'embrasser. Ma petite voix intérieure (celle qui dramatise tout) me répétait qu'il aurait dû me voler un baiser dès que nous avions mis les pieds dans ma chambre... Pourquoi ne l'avait-il pas fait? (Argh! J'angoisse!)

187

Pour dissiper le nuage d'inconfort qui s'installait entre nous, Raphaël a saisi son sac d'école et m'a dit d'un air piteux qu'il avait apporté son devoir de maths car il n'y comprenait rien. J'ai éclaté de rire.

— Inquiète-toi pas. Je vais t'aider, ça va prendre cinq minutes.

J'ai donc refait mon devoir de maths avec Raphaël. Ça peut ne pas avoir l'air très excitant, mais j'ai bien apprécié ce moment. J'ai aimé pouvoir l'aider (car même si je ne suis pas très bonne en maths, il est pire que moi!) en travaillant collée sur lui. Je regardais par-dessus son épaule et je pouvais sentir son souffle sur ma joue lorsqu'il vérifiait ses réponses. C'était agréable, cette proximité...

Mon frère – qui n'avait pas rencontré mon *chum* plus tôt parce que trop occupé à jouer à son jeu vidéo – a fait irruption dans ma chambre pour nous annoncer que le souper était prêt. Comme d'habitude, le poulet aux épinards de mon père était délicieux, mais le souper s'est révélé un véritable désastre tant mes parents m'ont fait honte! Ils essayaient sans doute de se montrer polis et intéressés, mais leurs 1001 questions relevaient d'une véritable inquisition! «Que font tes parents comme travail?» «As-tu des frères ou des sœurs?» «Es-tu bon au basket?» «Que comptes-tu faire plus tard dans la vie?» «Lis-tu des livres?» «Tes parents habitent-ils toujours ensemble?» Voyons! Vous n'avez jamais vu ça, un garçon de 16 ans?! Une chance, Raphaël s'est montré hyper patient. (OK, pour être honnête, j'étais contente d'en apprendre davantage sur mon *chum* sans avoir à lui poser toutes ces questions!) Mais, après une bonne heure de souper/enquête, j'avoue qu'il avait l'air un peu tanné.

Mon frère n'était guère mieux. Il essayait d'impressionner Raphaël en utilisant des termes de *skaters*, mais, à voir la tête de mon *chum*, Guillaume parlait à travers son chapeau, comme d'habitude. Quand ce sujet a été épuisé, il s'est mis à déblatérer sur les jeux vidéo auxquels il joue et à raconter à quel niveau dans le monde de machin truc il est rendu. *Get a life!*

Trop gentil, Raphaël lui a répondu poliment qu'il ne connaissait pas grand-chose aux jeux vidéo. Mon frère, au lieu de pogner le message, lui a proposé, s'il voulait, de lui montrer tout plein de jeux *killers* (ses termes) après le souper. Mon *chum* a eu l'air un peu embarrassé, alors je suis venue à sa rescousse en traitant mon frère de «gnochon» et en proclamant qu'on voulait plutôt écouter un film *tout seuls* (en espérant que mes parents comprennent la subtilité davantage que mon crétin de frère...). Raphaël a approuvé et on s'est tout de suite sauvés au sous-sol.

SOUPER RÉUSSI!

Après quinze minutes de délibérations et de questions angoissantes devant la vidéothèque familiale plutôt maigre (quand on la compare à celle de la famille d'Ana, par exemple), Raphaël a bien vu que je n'arrivais pas à me décider et m'a demandé s'il pouvait choisir le film. Il a opté pour un film qui appartient à mon père: *Die Hard*.

Dire que je ne voulais pas lui imposer un film de filles, par respect! Lui ne s'est pas gêné pour choisir un film de gars!

C'est moi ou est-ce que mon *chum* ne me consulte pas tellement et choisit uniquement des films selon ses goûts à lui (i.e. Batman, Die Hard... quoi d'autres?) Enfin... ce n'était pas trop grave puisque, dans ma tête, le film s'avérait seulement un prétexte pour qu'on puisse se coller un peu! Mais Raphaël voyait les choses autrement... Il semblait vraiment content d'écouter ce truc bourré d'explosions et de *guns* (qu'il avait déjà vu si souvent qu'il en connaissait plusieurs répliques par cœur). Moi, j'avoue que l'action qui se déroulait à l'écran me laissait plutôt indifférente. Je me serais davantage intéressée à de l'action sur le sofa! J'ai dû me contenter d'un bras autour de mes épaules... encore.

IDÉES DÉCO

Convaincre mes parents de peindre les murs en mauve foncé (indice de faisabilité = 3/10)

Réussir à me faire offrir un lit de princesse médiévale (indice de faisabilité = 1/10)

Convaincre mes parents de m'acheter une télé à écran plat (indice de faisabilité = 0,01/10)

MON ARRIVÉE AU JOURNAL

Vendredi dernier, comme prévu, j'ai dit à madame Beauchemin que j'acceptais son offre de me joindre au journal. Ce midi, elle m'a proposé de me présenter à l'équipe rédactionnelle. Nous sommes donc toutes les deux montées à l'étage et madame Beauchemin a frappé à la porte du local du journal étudiant. Une jolie jeune fille plus âgée que moi (elle est en cinquième secondaire) est venue nous ouvrir. Madame Beauchemin me l'a présentée (même si c'est un peu superflu vu que, dans une école de trois cents élèves, tout le monde connaît tout le monde) comme étant Émilie Duvernay et lui a dit : «Voici une nouvelle collaboratrice». Émilie nous a fait entrer.

L'ENCRIER RENVERSÉ

Vol. 9, No 1

Journal étudiant publié par les élèves de l'école secondaire Sainte-Jeanne-des-Eaux

ÉMILIE DUVERNAY

Une année bien remplie pour les élèves en art dramatique

Madame Choquette, en charge du programme d'Art dramatique à Sainte-Jeanne-des-Eaux, a accepté de nous rencontrer lors de la rentrée des classes afin de partager avec tous les belles surprises que nous réservent les élèves de la troupe Amovible au courant de

Tous se souviennent avec joie de la pièce de Shakespeare que les élèves avaient adaptée de manière moderne l'an dernier. «Fort du succès connu avec *Roméo et Juliette*, nous souhaitons recommencer l'expérience et proposer une fois de plus une adaptation jeune

précisé Mme Choquette. Les élèves se rencontreront au courant du mois de septembre afin de déterminer quelle pièce sera mise de l'avant.

Outre une pièce de théâtre, la troupe compte encore divertir les étudiants sur les heures de dîner à l'aide de sketchs

Je m'attendais à trouver là une bande de *nerds* à lunettes, comme dans les films ou les livres, mais, à part Judith qui affiche ce *look*, ils ont tous l'air plutôt normaux. Émilie – qui s'avère en fait l'éditrice en chef – est vraiment gentille et m'a tout de suite intégrée à l'équipe (même si je viens de Saint-Creux et elle, de Saint-Moins-Creux). Elle a eu l'air très impressionnée en regardant les différents échantillons que j'avais apportés avec moi. Celui mettant en scène une jeune fille timide qui ne parle plus depuis le décès de ses parents, mais qui reprend goût à la vie grâce au soutien d'un garçon – amoureux d'elle – qui lui livre en secret des contes pour la distraire, a particulièrement captivé Émilie.

Elle m'a ensuite demandé de quelle façon je pensais contribuer au journal. Madame Beauchemin a alors pris la parole et a exposé un projet de feuilleton que les étudiants pourraient suivre de semaine en semaine. Émilie a trouvé que c'était une très bonne idée, puis elle a voulu savoir si nous avions des pistes pour l'histoire. Là, tout le monde m'a regardée et je me suis mise à bafouiller. Je suis tellement nulle pour parler devant les gens! Didier, un collaborateur, m'a questionnée pour savoir quel genre d'histoires j'aimais écrire. On a fini par s'entendre sur le fantastique et Émilie a eu l'air satisfaite:

— C'est très vendeur, en ce moment, a-t-elle acquiescé. Ça pourrait rehausser la popularité du journal.

Chrystelle, une fille qui prenait place au bout de la table où nous étions assis, a affiché une mine boudeuse, mais personne n'y a prêté attention.

Après avoir discuté un moment, nous nous sommes mis d'accord sur un genre d'histoire que je pourrais faire. En fait, ils m'ont plutôt donné carte blanche, mais avec quelques règles à respecter (comme la longueur des textes, la présence d'un *punch* à la fin de chaque billet, l'âge de mes personnages, les lieux où se déroule l'action, etc.). Je suis assez contente et j'ai hâte de commencer à écrire (ce que je ferai tout de suite après mes devoirs).

Voici l'équipe du JOURNAL

ÉMILIE DUVERNAY

5e secondaire, éditrice en chef. Jolie, blonde, assez grande avec de beaux yeux bleu clair et un sourire qui adoucit toute saute d'humeur sur-le-champ.

CHRYSTELLE AMYOT

4e secondaire, rédactrice (potins de vedettes). Jolie, mais soigne trop son *look*. Cheveux bruns et superbes yeux bleus, elle ne parle pas de beaucoup de choses à part la vie des *stars* et lit beaucoup de magazines sur le sujet.

JUDITH ÉTHIER

3e secondaire, correctrice et recherchiste. Elle a vraiment l'air *nerd* avec son linge aux couleurs ternes et ses grosses lunettes plutôt démodées. Elle a les cheveux brun foncé, les yeux noirs, et elle n'accorde pas vraiment d'attention à son apparence.

DIDIER GRAVEL

4e secondaire, rédacteur (journaliste). Physique dans la moyenne, cheveux et yeux bruns. Il est très curieux de l'actualité et des gens.

SÉBASTIEN JOLICOEUR

4e secondaire, rédacteur et homme à tout faire. Porte bien son nom car il est plutôt mignon avec ses cheveux noirs et ses yeux pers. Il se charge des annonces classées et de l'horoscope.

CORALIE MASSÉ

4e secondaire, créatrice de jeux de lettres et de chiffres. Physique dans la moyenne, cheveux blonds et yeux noisette. Elle est incroyablement douée pour les puzzles (mots croisés, cachés, mêlés, fléchés, entrecroisés, sudokus, kakuros, carrés magiques et j'en passe!). Son bureau au journal est toujours encombré de papier quadrillé, de crayons et de dictionnaires.

Oups! Je l'avais oublié, lui!

JUSTIN BLONDIN

2e secondaire, photographe. N'est pas très bon à l'école et a redoublé son année, mais prend de superbes photos. Cheveux bruns et yeux brun-vert. Son corps semble trop long, comme s'il avait grandi trop vite.

Madame Beauchemin m'a aussi donné quelques conseils rédactionnels. Elle m'a demandé si je tenais un journal. J'ai acquiescé, un peu gênée. Elle a souri et s'est exclamée:

— C'est très bien! Un journal te permettra de te pratiquer à mettre des mots sur tes idées et tes émotions. Il faut seulement que tu accordes de l'importance à la façon dont tu écris dans ton journal. Emploies-tu beaucoup d'anglicismes et de mots à la mode comme «genre»?

J'ai hoché la tête.

— Et les répétitions de mots? Leur prêtes-tu une attention particulière?

Là, j'ai secoué la tête en haussant les épaules pour signifier «j'essaie, mais c'est pas toujours évident».

— C'est bien ce que je pensais. Il faudrait que tu essaies de développer le réflexe d'une belle écriture pour que cela devienne quelque chose que tu puisses faire sur commande, sans trop y penser. Ton journal pourrait devenir un terrain de jeux où tu fais tes entraînements. Qu'en penses-tu?

Je lui ai dit que je trouvais l'idée intéressante. Après tout, ce que je souhaite, c'est devenir super bonne en écriture!

Alors je vais essayer de m'appliquer davantage... Ça ne sera pas facile, mais madame Beauchemin affirme que, rapidement, grâce à son aide, je saurai éliminer les répétitions sans même y penser et je connaîtrai plein de synonymes et de jolies tournures de phrases. Elle est déjà très contente de mon orthographe quasi impeccable, que j'ai développée en lisant des tonnes de livres. Elle est certaine que je peux facilement devenir encore meilleure! C'est le *fun* d'avoir quelqu'un qui croit en moi et en mon talent! J'aimerais bien n'avoir aucun autre prof pour le reste de ma scolarité!

Bon, j'arrête ici, car il faut que je fasse mes devoirs et écrive mon premier texte officiel avant que Raphaël m'appelle vers 20 h 30 (c'est notre heure maintenant, apparemment...).

UNE PUBLICATION!

Émilie a bien aimé mon texte! Elle l'a trouvé imaginatif. Le groupe m'avait suggéré d'écrire une histoire se déroulant dans une école secondaire. Moi, j'avais proposé que le texte soit dans le style fantastique et Émilie avait accepté, mais je pense qu'elle a été vraiment surprise du résultat final. En fait, j'ai situé l'action à «Saint-Creux» (oui, j'ai utilisé le même surnom que je donne à ma ville dans mon journal intime parce que personne ne m'a jamais entendu le dire avant et que je trouve ce nom drôle), dans une école secondaire ordinaire où étudie une jeune fille peu commune: Océane. Elle est alchimiste, mais doit ~~cacher~~ dissimuler sa véritable identité. Contrairement à une superhéroïne capable de tout maîtriser, Océane se laisse porter par ses émotions pour créer ses potions.

Mon premier texte n'est pas très long (il s'agit seulement d'une «mise en bouche» – comme l'a décrit Émilie – qui nous permettra de sonder la réaction des gens...). Mais je n'en dis pas plus; je compte bien coller la version publiée ici!

Avec l'accord de la rédactrice en chef, j'ai remis mon texte à madame Beauchemin (qui s'est jointe à l'équipe du journal dès son entrée en fonction, en septembre) afin qu'elle procède à une vérification orthographique, syntaxique et linguistique. Elle m'a dit qu'elle me remettrait mon texte au courant de la semaine. J'ai bien hâte de voir les corrections qu'elle me proposera... C'est sûr, ça va m'aider à m'améliorer en tant qu'auteure, mais j'avoue que je crains ses remarques. C'est un peu bizarre, mais on dirait que mon texte est comme mon bébé. C'est drôle. Je ne pensais pas que ce serait comme ça, même si beaucoup d'auteurs le décrivent ainsi.

C'est quand même gênant. Seule Ana a déjà lu de mes textes, et je lui reproche son manque d'objectivité (même si ses louanges me font le plus grand bien). C'est encore plus mortifiant de penser que je me dévoile à des inconnus. Heureusement, jusqu'à maintenant, le texte n'est pas trop personnel, mais, si je veux devenir une grande écrivaine, il va falloir que je puise dans mes propres sentiments et expériences... C'est très ~~gênant~~ embarrassant de savoir que des gens liront mes pensées intimes... Brrr! J'aime mieux ne pas y songer, pour le moment. J'arrête ici pour aujourd'hui, car mon père nous sort au resto toute la *gang* pour fêter son anniversaire de mariage avec ma mère! Ce n'est pas romantique une miette, mais, du moment que nous mangeons au restaurant, ça semble faire plaisir à ma mère!

La bette rave

Cuisine française du marché

Entrées

Brie pané, marmelade orange/fenouil, dijonnaise au cumin

Ris de veau style général Tao, riz jasmin

Tartare de bœuf, mayo gras de canard/fromage bleu, câpres/cornichons, pomme de terres bleues, poireaux frits

Tartare de saumon comme un sushi épicé (mangue/tomate/oignon vert/tempura/mayo au piment de Sambal)

Pétoncle bardé de prosciutto, purée de topinambour au beurre noisette, jus de viande à l'échalote

Crevettes croustillantes, mayonnaise lime/chipotle

Tranche de foie gras poêlé, pomme/miel/romarin/balsamique (supplément 3$)

Soupes

Velouté parmentier

Velouté de volaille au lait de coco et cari rouge

Potage crécy orange/gingembre

Soupe de céleri rave et pommes

Crème de brocoli et asperges

Du bœuf cru?! Non merci!
J'ai pris les crevettes!

GO! GO! GO!

Récemment, j'ai laissé savoir à Raphaël que j'aimerais bien assister à l'un de ses matchs de basket ou de hockey (je ne m'y connais pas assez en soccer ou en volley pour dire que j'aimerais voir une partie). Je fantasme tellement de m'asseoir dans les gradins et d'encourager mon super *chum* sportif alors qu'il marque des points!

Il a aussitôt coupé court à mon imagination débridée: il est trop gêné. Ma présence le préoccuperait et il n'aurait pas la tête à la *game*. Il ne voudrait pas que je perde ma bonne opinion de lui en le voyant mal jouer, et patati, et patata. Il me débitait tout ça en me regardant avec des yeux si attendrissants que, sur le coup, j'ai cédé et j'ai accepté de demeurer dans l'ombre (encore!).

Sauf que, depuis cette discussion, j'ai eu le temps de réfléchir et j'en suis venue à la conclusion que son orgueil et sa gêne ne pourront pas trop souffrir de ma présence si je me faufile à son insu à l'un de ses matchs. J'ai donc décidé d'aller voir une partie de basket le mardi suivant (c'est-à-dire ce soir).

202

J'ai demandé à Ana de venir avec moi et elle a accepté, après avoir fait la moue quand je lui ai expliqué pourquoi j'y allais en cachette. (Tiens, elle désapprouve mon initiative? Nous sommes habituellement si complices... ça me surprend!)

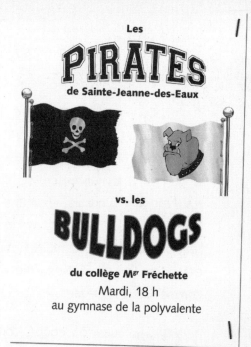

Les **PIRATES** de Sainte-Jeanne-des-Eaux

vs. les **BULLDOGS** du collège Mgr Fréchette
Mardi, 18 h
au gymnase de la polyvalente

*

Quel match extraordinaire! Ana et moi sommes arrivées tout juste avant que la partie commence, et j'ai pu voir mon *chum* apparaître sur le terrain en joggant comme un athlète. Je m'étais promis de ne pas crier (pour rester discrète), mais, en le voyant, je n'ai pas pu m'empêcher de lâcher un « *Woouh!* » d'encouragement, comme une vraie *groupie*.

J'ai gardé les yeux rivés sur mon joueur préféré toute la partie. Je ne vois vraiment pas pourquoi il craignait tant que je le vois jouer! Il est super bon! On croirait vraiment qu'il est né avec un ballon de basket soudé aux mains tant il est habile pour dribbler.

Quand la partie a été finie, la foule s'est dispersée et j'ai regardé avec un peu d'envie toutes les blondes des gars qui se précipitaient sur le terrain à la rencontre de leur amoureux pour les féliciter. J'aurais vraiment aimé faire pareil... Mais, à la place, Ana et moi avons attendu que l'équipe gagne les vestiaires, puis nous nous sommes éclipsées (c'est un beau mot, ma prof serait fière) comme deux voleuses.

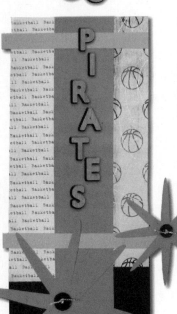

Pas grave, je suis vraiment contente. Mon *chum* est le meilleur! Je l'ai trouvé tellement plus craquant, avec son jersey rouge et noir, aux couleurs des Pirates de Saint-Moins-Creux.

Je compte bien revenir à la charge bientôt. Raphaël ne pourra pas rester gêné avec moi indéfiniment! En tout cas, ça sera difficile ce soir de ne pas être émotive et vendre la mèche lorsqu'il me téléphonera et me parlera de sa victoire!

VICTOIRE!

Mon texte sera publié la semaine prochaine! YÉ!!!!

J'avoue que, quand madame Beauchemin m'a remis mon texte avec les corrections suggérées, je n'étais pas aussi ~~heureuse~~ réjouie que maintenant. J'ai clairement senti mon cœur sombrer en moi, traverser mon estomac et mes intestins, puis arrêter sa course dans mes talons. Ça ne s'explique pas vraiment. Enfin, oui, peut-être. Mon texte étant mon «bébé», c'est un peu comme si une étrangère venait me dire que mon enfant recèle plein de défauts et qu'il a été élevé tout croche!

Sur le coup, ça m'a fait comme un choc, un gros trou dans l'*ego*, mais j'ai quand même essayé de garder le sourire et d'accepter les commentaires verbaux de ma prof en même temps que j'assimilais ses corrections écrites. Après un moment, la grosse boule dans mon estomac s'est estompée et j'ai pu vraiment prendre en considération toutes les suggestions de madame Beauchemin. Honnêtement,

ses conseils se sont avérés plein de bon sens,
pour la plupart. Un paragraphe entier – que je
croyais parfait – a été biffé… Si je souhaitais
me révolter au départ, j'ai réalisé en relisant le
tout qu'elle avait raison. J'ai toujours été un peu
perfectionniste et orgueilleuse (mon père m'a déjà
dit que je dois apprendre à modérer ces traits de
ma personnalité, à la fois positifs et négatifs, afin
qu'ils ne m'empêchent pas d'avancer. Je comprends
ce qu'il veut dire, maintenant!). Donc, dans un grand
élan de sagesse inspiré par mon paternel, j'ai pilé sur
mon orgueil et j'ai fait l'effort de regarder tout ça
d'un «œil objectif» (une des expressions préférées
de ma mère).

     La morale de cette journée: mes parents
et ma prof m'ont fourni de bons conseils et m'ont
permis de m'améliorer (OK, je ne leur dirais jamais
ça en personne, mais c'est un espace sécuritaire, ici,
non?). Alors, sans plus attendre, voici mon premier
texte qui sera officiellement publié! Youpi!

C'était un matin de septembre à Saint-Creux et tout le monde se préparait à amorcer une autre journée dans cet ennuyeux village. Or, le mois précédent, une nouvelle famille était venue s'installer dans ce coin de pays perdu et elle avait constitué le seul sujet de conversation des habitants depuis son arrivée. La famille Bedford, qui comptait trois membres — le père, la mère et leur fille unique Océane — avait loué un local ayant pignon sur la rue Principale afin d'y emménager une petite boutique. Les Bedford tentaient de passer pour une famille ordinaire dans un village sans passé rempli de gens sans histoires, mais c'était peine perdue ; leur boutique attirait l'attention. Les curieux s'y attroupaient pour percer son mystère sans oser y entrer, tandis que les mauvaises langues proposaient toutes sortes de théories sur ce que l'on y vendait réellement. Et Océane, indifférente aux ragots et aux médisances, se promenait la tête haute dans sa nouvelle école, où l'on commençait à lancer tout haut des commentaires que l'on aurait dû garder pour soi. Car, à l'image de son nom, la jeune étrangère semblait générer autant de tempêtes que de journées ensoleillées…

Texte approuvé!

ÉTAT DE CRISE

Octobre...

J'ai toujours aimé ce mois à cause de l'Halloween. Mais cette année je crois que je vais l'apprécier un peu moins... Bon, peut-être que l'Halloween saura me remonter le moral un peu, mais, en attendant, il reste trois bonnes semaines... et Ana et moi ne nous parlons plus.

C'est trop horrible d'y penser !

Je reviens...

*

OK, je suis calmée.

Justine,
Je trouve le comportement de
Raphaël à ton endroit plutôt
étrange...
On dirait qu'il t'évite. C'est pas
normal! Et toi? Qu'en penses-tu?

Ta best qui t'aime xxx

Voici le mot
qui a semé la
discorde entre
ma best et moi!

Bon. Il paraît que l'utilité première d'un journal intime est de pouvoir se vider le cœur et tenter d'y voir plus clair. Alors, essayons... Ana et moi nous sommes querellées. À cause de Raphaël, avec qui je sors depuis un mois et demi. C'est vrai que nous ne sommes pas souvent ensemble (surtout à cause de tous ses entraînements), mais je sais qu'il tient à moi! Ana, elle, prétend le contraire. Elle soutient que Raphaël m'utilise, mais c'est faux! J'ai eu beau essayer de le lui expliquer, j'imagine que c'est difficile à saisir pour quelqu'un qui ne fait pas partie de la relation. C'est le genre de choses qu'il faut vivre pour comprendre.

~~Anyway~~ En tout cas (hé! même dans mon état, les conseils de madame Beauchemin me reviennent en tête!), Ana et moi nous sommes chicanées plutôt fort en pleine cafétéria à propos

de Raphaël. Puis, soudainement, des choses qui n'avaient même pas rapport avec notre querelle ont refait surface (genre le fait que je n'étudie pas assez, que je suis bébé, qu'elle est trop sérieuse, etc.). J'avais l'impression que, tout d'un coup, ma *best* et

moi étions devenues des étrangères l'une pour l'autre. Celle qui m'avait soutenue, qui m'avait toujours comprise, ma sœur par choix, s'était transformée en une harpie que je ne reconnaissais pas.

Wow... On dirait que c'est pire en l'écrivant... J'arrête.

Du moins, pour le moment...

ÉTAT DE CRISE

PRISE 2

Ça va un peu mieux.

Je ne suis toujours pas à l'aise dans cette nouvelle situation, mais j'arrive au moins à regarder en arrière sans pleurer. Ça m'a pris quelques jours. Ana était un des membres les plus importants de ma famille, même si nous ne partagions aucun lien de sang.

Enfin, je dis «était», mais elle l'est toujours! Les sœurs, ça se chicane souvent, non? Tout rentrera éventuellement dans l'ordre, pas vrai?

OUCH

Peut-être que je me fais des «accroires», mais c'est le seul moyen que j'ai trouvé pour passer à travers: l'espoir que, un jour, nous allons nous réconcilier. En attendant, j'ai perdu ma sœur...

Je m'ennuie tellement d'elle, mais je suis encore très fâchée!

Un dessin manga qu'elle m'avait donné...

Des barrettes qu'elle m'avait prêtées...

Son stylo préféré...

C'est difficile (TRÈS difficile), mais, quand on traverse une crise, on arrive parfois à voir les personnes que nous pensons connaître le plus sous un jour nouveau. J'explique. La première journée, ma mère a vu que je ne feelais n'allais pas trop bien (une mère, ça le sent toujours quand ses enfants vont mal) et, tout de suite, c'était comme si Neila avait pris des cours avancés en accéléré sur les ados ou je ne sais quoi. En tout cas, ma mère s'est montrée HYPER attentionnée et compréhensive. On a jasé et c'était plutôt correct.

Bon, si on met entre parenthèses le fameux discours un peu poche que tous les parents doivent apprendre lorsqu'ils attendent un bébé (le classique «Je te comprends» avec le refrain original du «Si j'étais toi» et l'extended remix des couplets de «Moi, à ton âge…»), ce n'était somme toute pas si mal. Elle m'a consolée de long en large pendant ma crise de larmes incontrôlables de vingt minutes (je déteste brailler, mais, heureusement, ça ne m'arrive pas très souvent), puis elle m'a fait mon repas préféré pour le souper et a envoyé mon père acheter de quoi faire concocter une fondue au chocolat pour le dessert.

Ensuite, le vendredi soir (alors que Raphaël était à son entraînement), elle m'a emmenée à son salon de coiffure, m'a payé une belle coupe de cheveux et m'a autorisée à me faire faire des mèches mauves! (Elles vont partir après une cinquantaine de lavages, mais, quand même! Trop *hot*!)

Une mèche de mes anciens cheveux!

Ma mère s'est aussi assouplie et contrôle moins mon horaire: elle me laisse maintenant parler au téléphone avec mon *chum* jusqu'à 21 h 30 et elle m'autorise à le voir toutes les fins de semaine (quand Raphaël peut, évidemment!). Le samedi soir, elle me laisse même veiller jusqu'à minuit! C'est vraiment *nice*. Mon père a l'air content de nous voir bien nous entendre ces derniers temps, mais il a recommencé à travailler et il part de bonne heure le matin pour revenir assez tard le soir.

Je ne sais pas si c'est ce qu'on appelle «devenir adulte», mais je me sens changée (c'est peut-être les mèches qui font ça). Maintenant – une semaine après la crise – j'arrive à prendre du recul et à voir tout ça d'un œil plus sage. J'ai l'impression que je dois passer par là avec Ana, car notre querelle m'a permis de me rapprocher de ma mère.

Et qui sait? Peut-être que ça renforcera nos liens à Ana et moi quand on se réconciliera...

En attendant, je me concentre sur la dernière relation interpersonnelle choisie qu'il me reste, celle avec Raphaël. (Quand je dis «relation interpersonnelle <u>choisie</u>», ça veut dire que je ne compte pas les relations familiales obligées et les relations amicales légères comme celles avec ma *gang* d'amis. Des relations interpersonnelles choisies, je n'en ai pas beaucoup: Raphaël et Ana. Et peut-être monsieur Dumas, que je vois un peu comme un oncle.)

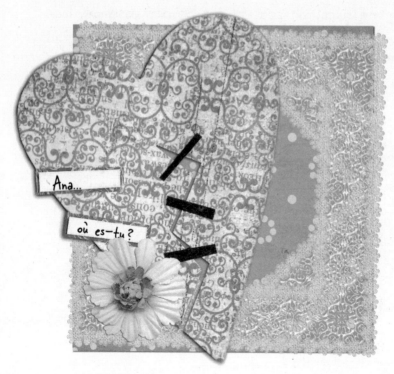

Contrairement à ce que pense Ana, les choses vont bien entre Raphaël et moi. Elle croit qu'il ne souhaite pas réellement passer du temps avec moi et qu'il trouve toujours des défaites pour m'éviter. Bon, c'est vrai qu'il est souvent en entraînement, mais, sinon, on passe quelques heures par semaine ensemble. Ana prétend que je suis plus une tutrice qu'une copine pour lui. Elle a même poussé l'audace jusqu'à dire que Raphaël se sert de moi pour avoir de bonnes notes en maths! C'est vrai qu'on fait souvent nos devoirs ensemble, mais c'est normal; avec son boulot et ses entraînements, ça lui laisse peu de temps libres pour des devoirs et une blonde! Et puis, j'aime bien le sentiment d'intelligence que j'ai quand je lui explique quelque chose qu'il n'avait pas compris. Ça me donne toujours l'impression qu'il a besoin de moi, de mon aide.

De toute façon, s'il se sert vraiment de moi pour avoir de bonnes notes en maths, il sera déçu parce que je passe toujours mes cours de justesse!

Anyway, j'arrête ici; je vais justement souper chez Raphaël pour la première fois, ce soir! Ça me stresse un peu...

Euh... OK.

Wow...

Je... OK...

Euh...

Je suis sans mot (un exploit
– ou un cauchemar – pour une
auteure!). Je ne sais même pas par
où commencer. Ana avait peut-être
mis le doigt sur quelque chose,
on dirait...

OK, du début:

Hier soir, je suis allée manger
et passer la soirée chez Raphaël. J'ai
fait la connaissance officielle de sa famille (enfin,
de sa mère et de son beau-père; il a aussi une
sœur aînée qui vivait avec son père avant, mais qui
habite maintenant en résidence à Montréal pour ses
études). Ses parents se sont montrés charmants.
Raphaël avait beaucoup d'entrain et faisait des jeux
de mots bidons avec son beau-père pour essayer
de nous faire rire. C'est drôle, mais c'est rare que

je le vois faire autant de farces. D'habitude, quand il est avec son groupe d'amis, il paraît plus timide et réservé.

Après le souper, les adultes ont proposé de faire une partie de Cranium. Je n'avais jamais joué à ce jeu, mais c'était vraiment tordant! J'ai dû dessiner des trucs les yeux fermés, siffloter une toune de Kevin Parent dont je connaissais seulement le refrain et épeler des mots à l'envers (Raphaël était vraiment épaté de me voir réussir cette épreuve). Il y avait une ambiance super chouette!

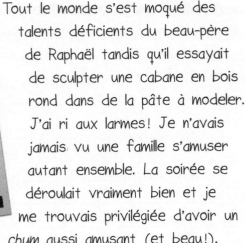

Tout le monde s'est moqué des talents déficients du beau-père de Raphaël tandis qu'il essayait de sculpter une cabane en bois rond dans de la pâte à modeler. J'ai ri aux larmes! Je n'avais jamais vu une famille s'amuser autant ensemble. La soirée se déroulait vraiment bien et je me trouvais privilégiée d'avoir un chum aussi amusant (et beau!).

C'est après la partie, vers 21 h, que ça s'est gâté...

Raphaël a suggéré que nous fassions nos devoirs et j'ai dit que je n'avais rien apporté. Il a répondu: «Pas grave. On va faire notre devoir de maths et, comme ça, tu pourras facilement le refaire chez toi.» Les paroles d'Ana me sont revenues en mémoire et j'ai décidé de tester mon *chum*.

J'ai donc refusé.

Et il s'est emporté...

On s'est chicanés et il m'a reproché de ne pas vouloir l'aider. Il a commencé à vociférer des choses méchantes du genre: «J'suis niaiseux, OK? Ça t'fait plaisir que j'dise ça? Je l'sais que j'suis con. J'comprends rien en maths! T'es la seule qui peut m'aider pis tu veux même pas!», etc. Je l'ai trouvé excessif et désagréable au point où j'aurais pu éclater en sanglots, mais je me suis retenue par fierté. Et les yeux plein de larmes, je me suis levée et je suis partie.

J'ai marché jusque chez moi. Ça m'a pris presque une heure. Pendant le trajet, je me disais que Raphaël allait bientôt apparaître sur son *scooter* pour s'excuser. Mais non...

Quand je suis arrivée, mon père n'était pas là (évidemment), ma mère macérait dans la baignoire (avec un livre, sans doute) et mon frère jouait à des jeux dans sa chambre (surprise...). Je n'ai donc pas eu à expliquer pourquoi je rentrais si tôt et dans cet état. Une fois dans ma chambre, je me suis mise à tourner en rond, remplie de tristesse et de colère, des larmes silencieuses coulant sur mes joues. Tout à coup, je me suis sentie extrêmement seule. Alors, j'ai pris mon oreiller et je l'ai serré très fort contre moi...

... et j'ai appelé Ana.

Elle a eu l'air surprise de me parler, mais soulagée aussi. Elle a sans doute senti ma détresse, car on n'a même pas abordé le sujet de notre dispute. Elle aurait pu me dire un truc du genre «Je te l'avais dit!». Mais non. En bonne amie, elle m'a offert son oreille et j'ai vidé mon sac. Quand j'ai eu enfin fini, honnêtement, je m'attendais encore au fameux «Je te l'avais dit!», mais, au lieu de ça, Ana a simplement commenté:

— Tu sais, tout ça est un peu ma faute. Je n'aurais peut-être pas dû te parler de mes doutes au sujet de Raphaël. Mais je m'en fais probablement pour rien. Et votre querelle est sûrement moins pire que tu le crois. Je suis sûre que les choses vont s'arranger!

J'étais franchement sur le derrière (pour écrire en français poli)! Il y a eu un silence (je ne savais pas du tout comment réagir aux paroles d'Ana) et puis, finalement, j'ai éclaté en gros sanglots bruyants et pathétiques. Un peu à cause de Raphaël, oui, mais surtout parce que je venais de réaliser à quel point ma *best* me manquait...

Ma mère a, bien évidemment, tout entendu. Tandis que je gueulais au téléphone en racontant ma soirée, elle était restée à distance (probablement parce que je criais assez fort pour qu'elle puisse entendre sans avoir à s'approcher de ma chambre), mais, dès que je me suis mise à pleurer, elle est accourue, toute inquiète, sans même prendre le temps de frapper à la porte.

— Pupuce! Oh! Pupuce, qu'est-ce qui se passe?

OUF!

C'était comme si tout avait éclaté en même temps. Je pleurais tellement que je peinais à respirer et encore plus à parler. Je n'ai même pas songé à chicaner ma mère pour avoir utilisé ce satané surnom devant Ana (de toute façon, elle l'avait déjà entendu). Elle m'a prise dans ses bras et m'a bercée. Et pendant tout ce temps, je n'arrivais pas à arrêter de pleurer ni à décoller mon oreille du téléphone. D'un côté, j'avais ma mère qui me berçait et, de l'autre, Ana qui me répétait des paroles réconfortantes à l'oreille. C'était vraiment un moment bizarre et, j'avoue, un peu humiliant, mais étrangement bienfaisant aussi. J'ai comme senti les liens que j'avais avec ces deux personnes se resserrer à l'intérieur de moi. C'est difficile à expliquer, mais j'ai su à ce moment-là que ces liens étaient désormais solides... et immortels. Rien ne pourrait plus les défaire. Jamais.

J'ai réussi à me calmer, car j'ai réalisé que je n'avais jamais perdu ma sœur. Même si on ne s'était pas parlé depuis un moment, elle restait toujours là pour moi.

Fiou! Juste le fait de raconter ma soirée m'a fait tout revivre et m'a épuisée. Je vais m'arrêter ici. On est dimanche soir et j'ai suivi les conseils d'Ana: je n'ai pas parlé à Raphaël de la journée. Mais il n'a pas téléphoné pour discuter non plus. Il rumine probablement encore, lui aussi.

Et maintenant, je vais en profiter pour me reposer et prendre un bain chaud, avec un livre, pour me changer les idées. Puis, je vais essayer de me coucher tôt (je suis vidée, ça ne devrait pas trop poser problème). Comme ça, je serai peut-être plus calme et plus forte pour affronter la première journée d'école de la semaine, mais, surtout, pour revoir Raphaël sans succomber à la colère, à la tristesse ou à je-ne-sais-quoi encore. Alors hop! J'arrête d'y penser dans 3... 2... 1... Fini!

Première journée où j'ai revu Raphaël depuis notre chicane. J'avoue que je ne sais pas bien à quoi m'en tenir. C'est probablement parce que je suis encore un peu fâchée contre lui. En arrivant ce matin, il jasait dehors avec sa *gang* et nos regards se sont croisés. Il m'a discrètement adressé une petite mine piteuse, et j'ai simplement haussé les épaules en penchant la tête de côté, comme pour signifier «Bon ben, c'est ça qui est ça...» avant de poursuivre mon chemin. J'aurais bien voulu qu'il vienne vers moi et me prenne à part pour discuter, mais il n'a pas dérogé à notre entente et a plutôt fait comme d'habitude en se tenant à distance. Il n'y a donc rien de réglé en définitive.

La journée a eu du bon, quand même; j'ai passé la majeure partie de mon temps avec Ana. J'étais vraiment contente de retrouver ma meilleure amie. On a discuté comme si de rien n'était et je sais qu'elle essayait de ne pas le laisser paraître, mais j'ai remarqué qu'elle évitait soigneusement de parler de Raphaël.

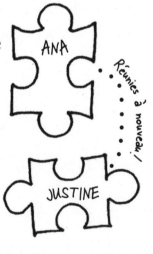

ANA

Réunies à nouveau!

JUSTINE

Sur une note plus joyeuse, mon texte sera publié dans deux jours (la publication coïncidera avec le numéro du journal portant sur l'Halloween). Ça me rend heureuse, mais ça me stresse aussi. J'ai vraiment peur de la réaction des gens... Bon, OK, ce n'est sans doute pas si dramatique que ça parce qu'il y a très peu d'étudiants qui lisent le journal de toute façon, mais c'est quand même des personnes que je connais et côtoie régulièrement. Genre, s'ils osent mentionner que ce n'est pas bon ou d'autres trucs semblables, je me sentirai honteuse et en colère, et ça sera plus difficile de passer par-dessus parce que je devrai revoir ces gens-là tous les jours. Je pense que c'est plus facile d'accepter (ou d'oublier) les mauvais commentaires quand ils viennent de critiques qu'on ne connaît pas...

... ou peut-être pas.

Dans le fond, c'est hyper difficile et stressant d'écrire! Ouch! Je vais arrêter de penser à tout ça, sinon je n'écrirai plus jamais...

Oh! Autre bonne nouvelle: il y aura une fête d'Halloween à l'école cette année encore!

Le **bal** des
morts-vivants
vendredi, 26 octobre, 20 h

Concours de costume

Prix de présence

Lieu : au gymnase de Sainte-Jeanne-des-Eau

Trop hâte! J'aime vraiment ces soirées-là. On peut se déguiser, danser et même manger des bonbons sans avoir l'impression d'être des bébés qui font du porte-à-porte pour la collecte. En plus, le gymnase et la cafétéria sont décorés, et c'est vraiment *cool* habituellement. Il y a des lumières, des guirlandes, une machine à fumée, etc. J'adore l'Halloween. Et puis, c'est le *fun* de se promener dans tout Saint-Creux à cette période de l'année parce qu'il y a plein de gens qui décorent leur maison. C'est super beau, surtout le soir. Des fois,

226

ça me manque d'être une enfant et de ramasser des bonbons. C'était facile et magique de vivre dans ce temps-là. Maintenant, tout est compliqué...

Ayoye... Je suis donc bien bizarre ce soir. Ça doit être une poussée de maturité.

Ça se peut-tu, ça?

JUSTINE PERRON, AUTEURE

C'est fait! Me voici officiellement devenue auteure! Le journal étudiant est sorti ce matin avec mon texte dedans. Je me suis dépêchée d'en prendre une copie et j'ai été vraiment surprise de voir mon nom en *front page*!

L'ENCRIER RENVERSÉ

Vol. 9, No 2

Journal étudiant publié par les élèves de l'école secondaire Sainte-Jeanne-des-Eaux

NOUVEAUTÉ ! **La double vie d'Océane Bedford**

Roman-feuilleton par JUSTINE PERRON, auteure

C'était un matin de septembre à Saint-Creux et tout le monde se préparait à amorcer une autre journée dans cet ennuyeux village. Or, le mois précédent, une nouvelle famille était venue s'installer dans ce coin de pays perdu et elle avait constitué le seul sujet de conversation des habitants depuis son arrivée. La famille Bedford, qui comptait trois membres – le père, la mère et leur fille unique Océane – avait loué un local ayant pignon sur la rue Principale afin d'y emménager une petite boutique. Les Bedford tentaient de passer pour une famille ordinaire dans un village sans passé rempli de gens sans histoires, mais c'était peine perdue; leur boutique attirait l'attention. Les curieux

La suite en page 3

Wow !

228

Et le plus *cool*, c'est que dans la signature du texte, ça indique vraiment «Justine Perron, auteure»! Ça me fait tellement bizarre. Je me sens remplie de fierté et, en même temps, prise de panique. Ana m'a conseillé de ne pas y penser, d'essayer de relaxer, mais c'est comme dire à quelqu'un sur le toit d'un immeuble de ne pas regarder en bas. C'est quoi la première chose qu'il fait en entendant ça?

IL REGARDE EN BAS!

Des fois, elle est un peu à côté de la *track*, ma *best*. Elle blâme alors son héritage japonais (genre, elle m'assure qu'elle n'a pas la même façon de penser que nous). *Come on!* Elle est née ici et elle a dû se rendre deux ou trois fois au Japon depuis sa naissance! Même sa mère est née au Québec! Bonjour le *clash* culturel!

Mais, quand même, ça expliquerait bien des choses... Ana possède une certaine «zenitude» face à la vie. Elle semble tout le temps calme et posée, c'est inné chez elle. Aussi, comme la plupart des Japonaises, elle est toute menue. Et en plus, elle est hyper bonne pour dessiner des mangas (faut dire qu'elle en dévore au moins un par jour, ça doit jouer sur son talent!).

Plein de gens ne savent pas ce que c'est, les mangas... C'est ça! Des bandes dessinées japonaises avec des personnages aux yeux énormes.

En général, Ana gère assez bien son héritage culturel et racial. Le seul cliché qu'elle n'aime pas, c'est celui qui veut que tous les Asiatiques soient intelligents... «Il y en a qui sont cons, comme partout ailleurs sur la planète!», qu'elle s'indigne. Mais elle n'aide pas à défaire le mythe, car elle est vraiment très brillante, elle aussi. Sauf que ce n'est pas l'intelligence à laquelle les gens étroits d'esprit s'attendent des Asiatiques: Ana n'est pas *bollée* en sciences, en chimie et tout ça. Même si elle est bonne en maths (meilleure que moi, c'est sûr!), son immense savoir est surtout concentré sur les cultures et mythologies du monde. C'est épeurant des fois; il n'y a pas un mythe qu'elle ne connaît pas! Elle fait des rapprochements avec nos vies, elle cite des situations issues de la mythologie grecque ou nordique ou amérindienne ou romaine ou je-ne-sais-plus-quoi, etc. J'avoue que ça peut taper sur les nerfs, mais, moi, j'adore ça! J'apprends plein de trucs *full* inspirants!

Je me demande s'il existe un mythe pour dépeindre l'impasse dans laquelle je me trouve présentement. Genre, jeune fille pas très populaire sortant avec un gars populaire qui ne s'assume pas et qui semble incapable de s'affirmer dans son choix de blonde auprès de sa gang d'amis... Il doit sûrement y avoir un équivalent grec ou nordique. Faudrait que je demande à Ana...

Anyway, je parlais de quoi déjà? Ah oui! Mon texte! Donc, ma composition est parue dans le journal ce matin et j'avoue que, dès le début des cours, je m'attendais à recevoir les commentaires de mes «camarades» de classe, mais non. Rien. Silence et calme plat. Même Raphaël – qui savait que le journal sortait aujourd'hui et qui avait soi-disant hâte de lire mon texte – n'a pas fait l'effort de venir me parler.

Vraiment pas *cool*. C'est vrai qu'on ne s'est toujours pas parlé depuis notre chicane. Il m'en veut peut-être encore. (Et puis, sincèrement, je ne l'imagine pas en train de lire! C'est trop pas son genre...)

À la fin de la journée, j'étais déprimée; mon texte n'intéressait personne. (À part Ana, évidemment, qui m'a assuré qu'elle avait trouvé qu'il s'agissait d'un bon début. Sauf que, malheureusement, son opinion ne compte pas. C'est comme quand ta mère te dit que tu es bonne dans quelque chose... Tu ne peux pas la croire, puisque tu sais qu'elle est O-BLI-GÉE de te trouver bonne parce que tu es sa fille! Ana, je suis comme sa sœur, alors, elle non plus, ça ne compte pas. Elle est obligée de dire que c'était bon! C'est comme une règle non écrite de la vie.)

Sauf que, quand j'ai grimpé à bord de l'autobus scolaire, j'ai eu droit à un moment magique: deux élèves m'ont arrêtée dans l'allée pour me dire que mon texte était bon et qu'ils avaient hâte de lire la suite! Yé! Victoire! Bon, ce n'est quand même pas beaucoup de monde – si ma vie était un film de Disney, TOUS les étudiants dans l'autobus m'auraient accueillie avec une ovation et je me serais mise à chanter une chanson remplie de bonheur (je suis une *fan* finie de Disney, est-ce que je l'ai déjà mentionné?) –, mais, pour une fille transparente qui vit dans la vraie vie, je considère ça comme une victoire personnelle.

Je peux bien m'accorder quelques faux rubans, non?

J'ai publié un texte apprécié par mes pairs, qui attendent la suite! *Oh yeah!* On danse! Ç'a fait ma journée et, depuis ce moment-là, j'ai même oublié de penser à Raphaël.

Maintenant, je vais arrêter d'écrire avant de me remettre à penser à lui. Ç'a été une belle journée pour moi finalement et j'ai décidé d'en profiter, alors je refuse qu'on ruine mon moral. J'affiche donc fièrement mon sourire et j'ai hâte que mon père revienne de travailler (je l'ai appelé et je lui ai dit que j'avais une super bonne nouvelle; il m'a promis qu'il se dépêcherait de rentrer, genre, vers 18 h, et qu'on se commanderait de la bouffe pour souper)! Alors voilà: le mot d'ordre ce soir = CÉLÉBRATION!

Je suis la seule dans ma famille qui aime la poutine... donc je ne suis jamais obligée de partager, hi hi hi!

(Wow... Je me relis et je trouve que mon niveau de langage a beaucoup baissé... Il y a plein d'anglicismes partout! Ma prof ne serait pas fière de moi... Je me reprendrai à la prochaine page!)

234

UNE SEMAINE

Une semaine complète sans nouvelles de Raphaël... À l'école, il agit comme si de rien n'était, comme s'il n'était pas touché du tout par notre querelle. Est-ce que c'est fini? Est-ce que c'est comme ça que les gars *cools* s'y prennent pour casser avec leurs blondes: ils les engueulent et ne les appellent plus jamais?

Ça me déchire le cœur et je commence à avoir l'impression que je ne suis pas très importante pour lui... Je me sens vraiment triste. Au-delà de triste! Je pense qu'il n'existe même pas de mots pour décrire à quel point je me sens mal en ce moment. J'espère tellement que Raphaël me contactera en fin de semaine pour faire la paix...

C'EST BEAU, LA VIE!

Raphaël et moi, c'est réglé! Il m'a appelée hier soir (vendredi) et il s'est excusé de son comportement. Il m'a expliqué qu'il gérait mal tout le stress causé par l'école, ses matchs et les problèmes de santé de sa mère (c'est vrai qu'elle paraissait un peu fatiguée et cernée lors du souper). Il m'a demandé pardon à plusieurs reprises et il a dit que s'il ne m'avait pas contactée de toute la semaine, c'était parce qu'il avait honte de la façon dont il m'avait traitée et ne savait pas trop comment je réagirais. Il craignait que je pète ma coche et le quitte. Il est trop ~~cute~~ mignon des fois. Alors voilà, tout est A-1 entre mon *chum* et moi!

Et cette querelle a eu l'avantage de nous réunir, Ana et moi. Donc, tout va pour le mieux dans le meilleur des mondes. Maintenant, mes seuls problèmes consistent à écrire un premier vrai texte pour le journal, comprendre mon devoir de maths, étudier pour mon examen d'histoire, endurer les sessions de musculation de mes cours d'éduc et trouver un super costume pour la fête d'Halloween à l'école la semaine prochaine. Ouf!

Mais pour le moment, *la vita è bella*!

Idées pour mon

COSTUME

C'est peut-être trop osé pour moi...

Je me demande si je serais capable d'en fabriquer un ?

237

J-1

Il reste une journée avant le *party* d'Halloween à l'école et j'ai trop hâte! Après plusieurs discussions et négociations, Raphaël a enfin accepté que nous y allions ensemble! Youpi! Je serai maintenant reconnue comme sa blonde OF-FI-CI-EL-LE et, honnêtement, je me fiche à présent de ce que les autres filles diront ou me feront subir, car je suis fière d'être la blonde du gars le plus formidable de l'école! Trop hâte!

Une autre raison pour laquelle je ne tiens plus en place: j'ai pris une bonne partie de l'argent que j'amasse depuis cet été pour m'acheter un super beau costume gothique *sexy* (je fais tout pour le cacher à ma mère

parce que je sais qu'elle n'aimera pas ça et j'ai
peur qu'elle *freak* quand je sortirai de ma chambre
habillée comme ça demain soir) que j'ai hâte de
montrer à mon *chum* juste pour voir
sa réaction.

Euh... Bon... C'est toujours un
espace sécuritaire ici, non? (En tout
cas, je l'espère! Si quelqu'un est en
train de me lire, vous violez mon
droit à la vie privée!)

Alors... J'ai toujours rêvé d'être belle, comme
les filles dans les films (ou comme Andréa, la reine
de l'école). Bon, je ne suis pas si naïve que ça et
je sais que les actrices passent toujours plusieurs
heures sur la chaise d'une maquilleuse et d'une
coiffeuse (et Andréa aussi, sûrement), mais quand
même. Attirer les regards comme elles le font,
j'ai toujours rêvé que ça m'arrive. Comme je me
considère physiquement plutôt *plain*, j'ai finalement
opté pour un costume ultra *sexy*, car j'ai envie que
Raphaël me regarde avec des yeux plein d'étincelles
et qu'il soit fier de parader avec moi. Le bustier
de velours est vraiment décolleté et avantage à
merveille le peu de poitrine que j'ai. Je le porterai
avec une belle jupe de satin noir à coupe ample
qui m'arrive juste sous les genoux et des collants
en résille que ma mère voudra sûrement me faire
enlever en prétextant qu'on gèle dehors, mais, au

fond, ce sera parce que c'est beaucoup trop osé. À la pharmacie, j'ai aussi trouvé un rouge à lèvres mauve foncé qui me donne un *look* vraiment *slick*.

Wow! Comme d'habitude, je me relis pour essayer d'enrayer les fautes et là, j'ai juste une envie: sortir mon costume et l'admirer encore. Il est tellement *cool*, tellement beau. Les couleurs sont superbes! Noir et mauve, pour aller avec mes cheveux! J'ai juste trop hâte de voir la réaction de mon *chum*.

Un avantage d'avoir un frère plus jeune (le seul!): ma mère distribue encore des bonbons à l'Halloween!

FIN NOVEMBRE

Le titre de cette entrée en dit sûrement plus que ce que je pourrais décrire en mille mots: près de quatre semaines depuis la dernière fois où j'ai ouvert mon *scrapbook*! Reprenons du début, depuis le *party* d'Halloween...

Quand je suis sortie de ma chambre, je m'attendais à donner un infarctus à ma mère, mais elle a juste indiqué qu'elle me trouvait très belle sans relever le fait que mon déguisement s'avérait ultra provocant. Mon père, lui, allait retourner à son travail après être venu souper avec nous (un de ses rares moments de présence avant 22 h) et, quand il m'a vue, il a sifflé son admiration. Ça m'a fait rire et je me suis sentie très fière de mon costume. Mon frère, lui, n'a même pas daigné sortir de sa chambre... *Whatever!* Je me fiche bien de ce qu'il pense...

Quand je suis sortie dehors, Raphaël m'attendait et il a affiché une face étonnée en s'exclamant: «Wow! Le pétard!». OK, je sais, c'est censé être péjoratif, insultant et tout le tralala, mais, moi, j'ai été flattée que mon *chum* me trouve belle. (Est-ce que c'est normal ou non... ça, c'est une autre affaire!) Lui aussi était très beau. Il portait un costume de Batman qui lui allait vraiment bien, même si la cape qui voletait au vent derrière lui en *scooter* était tout sauf sécuritaire (et me fouettait le visage et les cuisses. Ouch! Ça pince!).

242

À l'école, mon costume a fait fureur. J'ai reçu plein de compliments et on m'a même dit que j'étais méconnaissable!

La première partie de la soirée a été agréable. La *gang* de Raphaël n'était pas là, alors j'ai pu passer du temps avec mon *chum* sans qu'il m'abandonne. On a dansé, ri, mangé des bonbons et bu un super bon punch non alcoolisé (appelé le «punch des vampires» parce qu'il ressemblait un peu à du sang). Je me suis bien amusée et je contenais difficilement mon enthousiasme tant je me sentais privilégiée de me montrer au bras de Raphaël. J'avais vraiment hâte au moment où le DJ commencerait enfin à faire jouer des *slows*. Je savais que mon premier *slow* avec mon *chum* serait magique! Mais ça ne s'est pas du tout déroulé comme je me le figurais...

Vers 22 h 30, quelques membres de sa bande ont fait irruption dans le gymnase. On aurait dit qu'ils venaient plus pour se moquer des gens, des décors et des costumes que pour avoir du *fun*. Daphnée et quelques filles ont repéré mon Raphaël et se sont ruées vers lui pour l'entraîner sur le plancher de danse, faisant fi de ma présence. Il m'a lancé un regard impuissant par-dessus son épaule et, face à leurs invitations pressantes, il s'est finalement mis à bouger malgré lui au son de la musique. Julie, l'espèce d'air bête du *skatepark*, était parmi elles, et je trouvais qu'elle se montrait pas mal entreprenante et ne manquait pas une occasion de le toucher (une main sur l'épaule par-ci, un bras passé sous le sien par-là, etc.). En plus, elle avait probablement le costume le plus (excusez le mot) «pétasse» de l'école! Un genre de Catwoman, mais déchiré de partout, comme si elle avait été griffée... Elle qui porte toujours des vêtements ternes...

Moi, j'observais la scène en fulminant. Après dix minutes de ce traitement, je suis allée téléphoner à mon père pour qu'il vienne me chercher et je suis partie sans dire au revoir à mon *chum*.

J'étais vraiment furieuse. Mais surtout, j'étais blessée. Profondément blessée. Il m'apparaissait clair maintenant que Raphaël avait accepté de m'accompagner à la danse uniquement parce qu'il croyait que ses amis n'y seraient pas. Et je ne fais visiblement pas le poids face à sa *gang*, car il me rejette aussitôt qu'elle se pointe.

Je me suis sentie bizarre durant toute la fin de semaine qui a suivi le *party*. Ana s'est évidemment aperçue de quelque chose et j'ai fini par tout lui avouer. Elle s'est montrée très compréhensive et encourageante, mais, étonnamment, ça n'a pas suffi à m'apaiser cette fois.

Dès le lundi suivant, Raphaël m'a appelée, mais il avait l'air tellement pressé de mettre fin à la conversation que ça ne m'a pas calmée non plus. Plus ça allait et plus j'avais franchement l'impression de n'être pas très importante à ses yeux...

Durant les jours qui ont suivi, quand Raphaël téléphonait, je ne répondais pas. Au bout d'une semaine, j'ai lentement commencé à y voir plus clair... et ce que j'ai vu ne m'a pas tellement plu. Mais ce n'est pas parce que ça ne fait pas notre affaire que ce n'est pas la réalité. Et la réalité était que je commençais à croire qu'Ana avait raison au sujet de Raphaël...

Il y a une vieille chanson anglophone dans les quarante-cinq tours de mon père que j'aime bien et qui explique pas mal l'effet d'aveuglement qu'on vit lorsqu'on est en amour. Les paroles disent: « *When your heart's on fire, you must realize, smoke gets in your eyes* » ou, en bon français, « quand ton cœur s'enflamme, la fumée peut t'aveugler ». C'est vrai que c'est comme ça. J'y vois tellement clair, maintenant...

Le vendredi de cette semaine-là, Raphaël a de nouveau appelé et laissé un message en panique disant qu'il ne comprenait rien au devoir de maths (reçu le matin même et dû pour le lundi suivant) et qu'il n'aurait pas le temps de se concentrer là-dessus, car il avait un entraînement et un match ce *week-end*. Et c'est le moment où j'ai compris que Raphaël Tremblay-Jutras n'était pas ce qu'il paraissait être... Qu'en fait, il ne faisait que profiter de moi.

Ça m'a fait mal.

Ça me fait ENCORE mal... Mais j'ai donné raison à Ana et j'ai mis un terme à ma relation avec lui. Quand je lui ai téléphoné pour lui dire que je n'étais plus disponible pour l'aider avec ses devoirs de maths, car je n'étais plus intéressée à me faire blesser par lui chaque fois que ses amis rappliquaient, il s'est fâché et a crié que je réagissais en bébé, que je ne comprenais pas son stress, blablabla... Après cinq bonnes minutes à gueuler, il y a eu un long silence pendant lequel j'entendais Raphaël prendre de grandes respirations. Au bout du compte, il m'a dit qu'il comprenait ma décision. PAF! Si ça, ce n'est pas un volte-face, je ne sais pas ce que c'est! Il n'a pas essayé de me retenir en me promettant de changer ni rien!

Dans le fond, son choix a toujours été très clair, il préfère ses amis à moi.

Le lundi suivant, pendant le cours de maths, je l'ai surpris en train d'échanger des regards avec une autre fille de mon cours. Il était clairement retombé en mode *cruise*, à la recherche de sa prochaine tutrice parce que, moi, j'avais laissé tomber le contrat.

Et je ne le reprendrais pas pour tout l'or du monde!

Alors voilà, je suis à nouveau célibataire... Sujet clos.

AVIS

Justine Perron, quinze ans, naïve et au cœur récemment transpercé de part en part, recherche un peu de solitude et de paix. Pour le moment, du moins...

Je n'avais pas vraiment envie d'en parler, mais je me suis dit que c'était un changement assez important dans ma vie pour au moins le consigner ici. Un journal intime, c'est un peu comme un journal de bord! Une ligne du temps sur laquelle on inscrit les évènements majeurs d'une vie. (Wow! C'est beau, ça! Je suis encore capable de sortir quelques belles phrases malgré ma peine.) Donc, c'est fait, «évènement majeur» enregistré. On passe à autre chose.

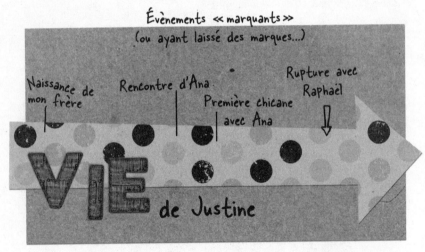

Évènements «marquants»
(ou ayant laissé des marques...)

Naissance de mon frère   Rencontre d'Ana   Première chicane avec Ana   Rupture avec Raphaël

VIE de Justine

Sur une note différente, mais pas tellement plus heureuse: je me suis complètement autohumiliée en classe il y a deux semaines... Je dis «auto», mais ce n'est pas comme si c'était moi qui avais décidé de l'humiliation. Non. C'était plutôt mon corps.

Mouais...

Depuis des années, je me sentais en retard sur les autres filles de mon âge parce que je n'avais encore jamais eu mes premières menstruations. Mon corps a décidé de remédier à ce retard... en pleine classe. Et lorsque je me suis levée de ma chaise, le siège (ET mon postérieur, évidemment) était entaché d'une jolie petite flaque de sang. Bien entendu, je n'ai rien remarqué et comme j'étais dans un cours de maths (encore!), – donc, pas avec Ana ou un des gars de ma *gang* – personne ne m'a informée de mon problème. Il a fallu cinq bonnes minutes avant qu'Ana me retrouve dans les couloirs et m'alerte. (Inutile de dire que je me suis élancée vers les toilettes sur-le-champ.)

CINQ MINUTES...

Cinq minutes entre la fin de mon cours et mon arrivée dans les toilettes.

Cinq minutes, c'est suffisant au secondaire pour détruire la réputation de toute une vie.

Malgré les arguments et les paroles réconfortantes d'Ana, j'ai refusé de quitter la cabine de toilette où je m'étais réfugiée. Lorsque la cloche a retenti pour nous convoquer à notre prochain cours, ma *best* est allée chercher l'assistante du directeur. Cindy (l'assistante en question) s'est toujours montrée très gentille et compréhensive avec les (bons) élèves comme Ana et moi. Elle m'a refilé une serviette sanitaire (Ana n'avait que des tampons et je ne me sentais pas à l'aise avec l'idée d'utiliser ces trucs-là) et elle a proposé de me reconduire chez moi. J'ai accepté et me suis empressée de quitter l'endroit.

J'ai trouvé cette image de serviette sanitaire « scrapbookée » sur Internet!

C'est une bonne idée! Si on doit passer les 30 prochaines années ensemble... aussi bien que ce soit agréable!

Cindy, qui a bien vu que j'étais mal à l'aise pendant le trajet, n'a pas insisté pour qu'on fasse la conversation. Elle est vraiment *cool* et je lui suis très reconnaissante d'être venue me reconduire. Mais j'aurais été encore plus reconnaissante si elle avait convaincu mes parents de me changer d'école, quitte à aller vivre dans une autre ville! Bon, il apparaissait évident (même pour moi) que mes parents refuseraient catégoriquement de déménager juste pour sauver l'honneur de leur fille, mais, quand même! C'était (et c'est toujours!), à mon sens, la meilleure option!

On s'en doute, nous n'avons pas déménagé et j'ai dû retourner sur les lieux de mon humiliation dès le lendemain matin. La mère compréhensive que j'avais connue ces derniers mois avait (presque) disparu. (Elle a bien tenté de me consoler, de me rassurer, de dédramatiser la situation, mais tous ses efforts se sont écroulés quand elle m'a dit que je ne pouvais pas prendre le reste de la semaine *off* pour me faire oublier...)

Évidemment, ma mésaventure n'avait pas été oubliée, bien au contraire! Elle avait maintenant fait le tour de l'école et, chaque fois que je me levais d'un siège, je devais subir les regards de plusieurs personnes qui étudiaient mes pantalons et l'endroit où j'étais assise. Mais ce n'est pas le pire! Nooooon... Le pire, c'est que, lorsque je suis arrivée à l'école, genre, une semaine plus tard, je me suis dépêchée d'aller chercher mes effets dans mon casier pour limiter le temps durant lequel je me baladerais dans les couloirs à me faire examiner les fesses. Je voulais (pour une fois!) redevenir la Justine transparente qui n'attire pas l'attention sauf que, quand j'ai ouvert mon casier, c'est une pluie de tampons et de serviettes sanitaires qui a déferlé sur moi dans le corridor.

J'aurais pu mourir de honte... Là, sur place!

Ci-gît Justine Perron, morte de honte
à 15 ans dans le couloir de son école
sous une avalanche de produits sanitaires.

Heureusement, Cindy passait par là au
même moment et elle s'est emportée en voyant le
comportement des autres élèves. Elle en a attrapé
plusieurs qui riaient et me désignaient du doigt et
les a envoyés chez le directeur. Elle a ensuite
demandé aux surveillants de couloirs de ramasser
les dégâts, puis elle m'a invitée à la suivre chez la
psychologue de l'école.

J'avoue que, sur le coup, je me suis
un peu révoltée. Je n'avais pas besoin d'être

psychanalysée! Moi, folle ou dérangée?! Ce n'était pas moi qui avais mis tous ces trucs dans mon casier! Or, quand je me suis assise devant Nathalie (la psy) et que j'ai commencé à lui parler normalement, j'ai ressenti comme un étrange bienfait immédiat. Nathalie a le don de faire sentir les gens à leur aise, normaux et importants juste en posant les yeux sur eux et en leur demandant comment ils vont.

Elle m'a avoué que le but de ma présence dans son bureau ce jour-là était de « désamorcer la chaîne d'intimidation ». Elle voulait s'assurer que je ne garderais pas de « séquelles » de cet incident. Je trouve ses termes un peu forts, mais c'est vrai que ça pourrait rester bien ancré dans ma mémoire.

Les jours qui ont suivi, je suis allée voir Nathalie quelques fois et ça m'a fait le plus grand bien. Au fil des rencontres, j'ai pu partager mes émotions sans me sentir jugée ou honteuse. Elle m'a fait comprendre que ce que je ressentais (colère, angoisse, haine, humiliation, frustration, etc.) était totalement et parfaitement normal. Ça m'a rassurée comme jamais auparavant. (Même Ana n'aurait pas su faire mieux, c'est dire!)

NORMALE

253

Maintenant, les choses se sont un peu calmées. Je ne vois plus Nathalie, car je n'en ressens plus le besoin, mais je suis vraiment contente de ce qu'elle a fait pour moi. Et puis, je sais que sa porte est toujours ouverte, au cas où...

Donc, voilà où ma vie en est rendue... Je suis célibataire et saine d'esprit; j'ai retrouvé ma *best*; je continue à écrire pour le journal (les gens apprécient mon histoire, en passant) et on en est presque venu à oublier ce désagréable évènement (à part une fois de temps en temps où il y en a qui essaient d'en faire un *running gag*, mais je les ignore et ils s'en lassent). Ça m'a pris quelques semaines pour passer à travers tout ça, et je n'avais pas envie de consigner quoi que ce soit ici tant que tout semblait embrouillé.

Je regarde maintenant à l'horizon et, avec les vacances de Noël qui s'en viennent, ça sent la joie (et les biscuits!). Il ne manque plus qu'une première neige toute blanche pour effacer les traces de cet automne somme toute assez moche...

Miam!
Des biscuits avec du glaçage!

UN TRAVAIL «EMBALLANT»!

Ha! ha! J'aime trop mon jeu
de mots poche!

Depuis deux semaines, je travaille beaucoup
à la librairie. Ma mère a accepté que j'y consacre
un peu plus de temps car, depuis ma rupture avec
Raphaël, j'ai davantage de temps libres les fins de
semaine. Elle considère aussi que ça me «change
les idées» et me «sort de mon apathie».
(Je ne connaissais même pas ce mot-là, «apathie»...
Il a fallu que je cherche dans le dictionnaire!)
Honnêtement, je soupçonne ma mère de vouloir
carrément se débarrasser de moi!

C'est vrai que je
suis plutôt morose ces
derniers temps...

Ah non! Je ne rejoue pas ce disque-là!!!
Change de sujet, Justine! Pis «tu-suite», à part de
ça! Reviens à ton jeu de mots poche à la place...

Comme Noël approche, je cherchais une façon de revamper (encore!) la vitrine du magasin avec peu de budget. (J'aime tellement ça! Je dois dépasser mes limites créatives!) Et j'ai eu un éclair de génie! Disons que lorsque monsieur Dumas m'a vue arriver avec tous mes rouleaux d'emballage la semaine passée, il a sourcillé un peu, comme toujours, mais il m'a laissée faire.

J'ai étalé tout mon attirail dans un coin et j'ai commencé par découper de longues bandes du papier écarlate rayé or que j'avais trouvé au magasin à escomptes de Saint-Moins-Creux. J'ai tapissé tous les murs de la vitrine (euh, pas les vitres, là), puis j'ai mis des cadres vides sur les murs pour imiter un salon. C'était vraiment réussi! Une transformation extrême, comme on en voit à la télé, pour la modique somme de douze dollars et des poussières! Ensuite, à l'aide d'un autre rouleau de papier d'emballage vert métallique (pour faire contraste), j'ai enveloppé des boîtes vides trouvées dans l'arrière-boutique et j'y ai apposé de gros choux festifs. Y'a pas de doute, le *scrapbooking* fait vraiment ressortir des talents insoupçonnés chez moi. Pour terminer, j'ai fait de grosses piles avec les meilleurs vendeurs (mouais... On a des quantités limitées à L'Évasion, alors des «grosses piles», c'est juste six exemplaires) et je les ai mis en évidence dans la devanture. Ça a un peu fait paniquer monsieur Dumas, qui m'a demandé comment il ferait pour vendre les livres si je les kidnappais tous pour les cacher en vitrine. Il a par contre tout de suite enchaîné en disant que, jusqu'à présent, mes idées avaient du moins le mérite de plaire à sa clientèle et qu'il avait remarqué une petite hausse de son chiffre d'affaires depuis juillet. (Mon estime personnelle a dû faire un bond de trois mètres en entendant ça!)

Voici à quoi ressemble ma vitrine de Noël!

257

Ana est venue me rendre visite pendant que je travaillais et elle a vraiment apprécié le résultat. Durant ma pause, monsieur Dumas m'a autorisée à emmener ma *best* dans l'arrière-boutique et à goûter le succulent chocolat chaud qu'il venait de préparer! Miam!!

Assises dans «l'aire de repos des employés» (meublée d'une table de deux pieds de largeur, de deux chaises et d'un vieux buffet défraîchi encombré d'une cafetière, d'un four à micro-ondes et d'un mini réfrigérateur bruyant), Ana et moi avons discuté de nos plus récentes lectures. C'est drôle... Bien qu'on n'apprécie pas du tout le même genre de livres, on aime tout de même se raconter les histoires qu'on lit. Les goûts d'Ana sont vraiment éclatés. Je n'arrive vraiment pas à trouver de similitudes entre des mangas (qu'elle consomme comme si c'était son oxygène), des polars compliqués comme ceux de Kathy Reichs, des récits mythologiques et de grands classiques tels que *Les Trois Mousquetaires* ou *Le Journal d'Anne Frank*. Oui, oui, elle dévore ça par plaisir, et non pas parce qu'il s'agit de lectures obligatoires! J'avoue par contre que les extraits du journal d'Anne Frank qu'elle me contait étaient très touchants. Je n'arrive pas à m'imaginer rester enfermée avec mon journal (ou mon *scrapbook*!) pendant des années entières...

Et avoir à endurer mon frère sept jours sur sept sans faire de bruit (donc, sans se chicaner), ça me semble vraiment insoutenable et impossible! Mais, d'un autre côté, il n'y avait pas de jeux vidéo dans ce temps-là, alors je doute fort que Guillaume aurait pu survivre plus d'une heure...

Sa chambre était vraiment petite!

Pour ma part, je préfère les lectures un peu plus dépaysantes, et Ana connaît mon engouement pour les mondes imaginaires et la chevalerie fantastique. J'ai cette préférence depuis que je suis bébé! Les films que j'écoutais en boucle avaient le même élément commun: l'irréalisme! Le terre-à-terre me fait décrocher...

(Anecdote bizarre: je suis une *fan* de Disney, mais, à la maternelle, alors que toutes les filles de mon âge idolâtraient les princesses, moi, je me baladais avec mon sac à dos d'Hadès, mon méchant préféré à l'époque. J'ai toujours eu un faible pour les vilains... C'est normal?)

À la télé, j'aimais la vieille série *Scooby-Doo* et ses créatures maléfiques, mais j'étais déçue à la fin de chaque épisode, car on y expliquait qui était le méchant et pourquoi... J'aurais préféré qu'on laisse le mystère entier, m'enfin... J'avais ma petite dose de frissons et d'étrange, alors je m'en contentais! Mes premières lectures: même chose! Emmenez-en, des monstres, des fantômes, des sorcières, et des morts-vivants!

Ensuite, quand j'ai commencé à lire comme il faut et que j'ai découvert que les films que je connaissais par cœur depuis que j'avais, genre, cinq ans existaient sous forme de romans (comme les *Harry Potter* et *Le Seigneur des Anneaux*), je me suis précipitée à la bibliothèque pour les emprunter tous! Depuis, je ne me lasse pas d'ouvrir un nouveau livre afin de plonger dans un univers inconnu et mystérieux, rempli d'êtres surnaturels et de phénomènes inexpliqués.

1. Edgar Allan Poe
2. J.R.R. Tolkien
3. J.K. Rowling
4. Neil Gaiman
5. Terry Pratchett

TOP 5

Auteurs
préférés

En ce qui concerne le palmarès de mes personnages préférés, la liste est un peu plus complexe:

* Dustfinger (*Inkheart*): Je préfère la version originale anglaise de son nom parce que «Doigt de Poussière», je trouve ça moins poétique.

* Deux femmes hyper fascinantes des légendes arthuriennes, Viviane et Morgane, arrivent *ex æquo*.

* La Mort (*Disque-monde*): Je le trouve très drôle et attachant. Parfois, je me sens un peu comme lui, hors du monde et fascinée par la vie qui se déroule dans un univers autre que le mien...

* Professeur Rogue (*Harry Potter*): J'ai beaucoup d'affinités avec lui. Ce personnage me touche trop...

* Triple *ex æquo*: Light Yagami, L et Ryuk, des personnages de la série manga *Death Note*, exemples puissants de force et de caractère. Ils me fascinent tous énormément...

Ana est repartie après m'avoir laissé une liste de livres qu'elle souhaite que je lui commande. En fait, il s'agit de cadeaux de Noël de la part de ses parents. Comme ces derniers ignorent ce qu'elle aimerait lire, ils lui ont dit de se commander trois ou quatre bouquins. Wow, bonjour l'effet de surprise! Je me demande s'ils vont se donner la peine de les lui emballer...

Joyeux Noël

Ce que j'aimerais recevoir à Nöel :

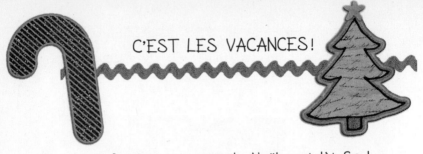

C'EST LES VACANCES!

Enfin, les vacances de Noël sont là! Seul nuage à l'horizon: je dois partager la maison avec Guillaume, mais bon. Comme ma mère est là aussi, ça ne devrait pas trop mal se passer...

Ça me fera un bien fou d'oublier un peu l'école pour un bout de temps. Je compte mettre volontairement la partie académique de mon cerveau à *off* et profiter de mes vacances pour prendre soin de moi. Je veux relaxer, prendre des bains chauds remplis de mousse, lire de bons romans sous une couverture, boire des chocolats chauds et chanter des cantiques de Noël à tue-tête en cuisinant. Les bonhommes de pain d'épice constituent une tradition chez nous; on en cuisine chaque année pour «le père Noël». Je ne sais pas vraiment pourquoi on se donne cette peine, car ce n'est pas réellement bon, au fond, ces biscuits-là. Ce doit être à cause du glaçage et des bonbons qu'on met dessus qu'on continue à en faire année après année! Chaque fois, des bonhommes de pain d'épice tout nus et à moitié mangés se retrouvent dans les poubelles. Moi, je n'arrive jamais à les terminer parce que je trouve le goût trop ~~fort~~ prononcé...

264

Recette de
BISCUITS

cuisinefestivedutempsdesfetes.com/cuisine/recette-biscuits-de-pain-A9pice

Recette : biscuits de pain d'épice

isine festive

n et design
t recettes

UEZ DANS LA VIE

2,5fruitsparjour.qc.ca

INGRÉDIENTS

250 ml (1 tasse) de beurre non salé, ramolli
250 ml (1 tasse) de sucre brun
1 gros œuf
250 ml (1 tasse) de mélasse
1 litre (4 tasses) de farine tout usage
5 ml (1 c. à thé) de bicarbonate de soude
10 ml (2 c. à thé) de gingembre moulu
2,5 ml (½ c. à thé) de noix de muscade fraîchement moulue
2,5 ml (½ c. à thé) de clou de girofle
5 ml (1 c. à thé) de cannelle
2,5 ml (½ c. à thé) de sel

INSTRUCTIONS

Étape 1 : Dans un grand plat, avec un mélangeur électrique, combiner le beurre et le sucre jusqu'à consistance lisse. Ajoutez l'œuf et la mélasse puis mélanger. Tamiser les ingrédients secs et ajouter en mélangeant à basse vitesse.

Étape 2 : Refroidir la pâte toute une nuit, si possible (la pâte peut aussi être congelée pour être conservée longtemps).

Étape 3 : Abaisser la pâte et couper selon la forme désirée.

Étape 4 : Cuire à 165 °C (325 °F), de 10 à 15 minutes.

Étape 5 : Décorer avec du glaçage, si désiré.

Je vais peut-être même écrire un peu pendant mes vacances! Une histoire me trotte dans la tête depuis quelques semaines et j'aimerais bien voir ce que ça donnerait sur papier. Peut-être que, si j'arrive à terminer ce texte avant le retour à l'école, madame Beauchemin acceptera de le lire et de le corriger dès la reprise des classes! C'est vraiment *cool* d'avoir quelqu'un qui vous appuie et vous aide à réaliser vos rêves!

Je veux aussi profiter du congé pour réorganiser ma chambre et changer le décor, tel que je me l'étais promis cet automne. J'ai déjà commencé à mettre dans des sacs-poubelle et des boîtes tous les toutous et les babioles qui font trop «bébé». Ma mère est allée en porter quelques-uns au comptoir familial, trop contente qu'on se débarrasse de tous ces ramasse-poussière. Je n'ai pas encore arrêté mon choix définitivement, mais j'aimerais repeindre les murs de ma chambre d'une couleur plus intense, peut-être même mauve foncé. L'assentiment de mes parents n'est pas gagné, mais, lorsqu'ils verront tout le beau ménage que j'ai fait, peut-être qu'ils seront amadoués...

LE NOUVEAU LOOK DE MA CHAMBRE

Fini les motifs de petite fille...

Échantillon de tissu pour ma nouvelle couette!

Mes parents ont dit « oui » à la nouvelle couleur que j'ai choisie: mauve foncé!

JOYEUX NOËL ET BONNE ANNÉE!

J'ai passé un très beau Noël et j'ai revu toute ma famille. Bon, il y en a toujours qu'on a moins hâte de recevoir, mais c'était *cool* de retrouver mes cousins et mes cousines. Ma cousine Nadia est venue réveillonner et elle a beaucoup aimé ma nouvelle chambre. Elle est même jalouse du beau mauve velouté qu'on a mis sur les murs. Elle dit qu'avec des meubles gris et noirs, ça ferait très chic (mais je ne vais quand même pas demander à mes parents de changer mon mobilier! Je suis déjà contente de ne plus voir la peinture rose pâle et les rideaux en dentelle autour de ma fenêtre! Hmm... Peut-être que je vais remettre mon poster de Chris Hemsworth... Après tout, je n'ai plus de *chum*, alors je peux bien me rincer l'œil en attendant!).

Pour ce qui est des cadeaux, ils étaient presque tous sur ma liste, donc pas vraiment de surprises, mais beaucoup de joie. Des DVDs, de la musique, des vêtements. Mon père m'a offert trois cartes-cadeaux iTunes de vingt-cinq dollars!!! *Hello shopping!*

J'ai eu aussi une super belle surprise (quelque chose que j'avais mis sur ma liste, mais que je n'espérais pas) de mon parrain et de ma marraine: un iPod Nano nouvelle génération! (Le mien avait déjà presque cinq ans et il n'était pas Nano, alors youpi!!! Et pour montrer à mes parents à quel point je suis fine, je vais vider mon vieux iPod de ma musique et le donner à mon frère.)

J'ai également reçu de ma tante Nancy (je dois être sa nièce favorite, car elle me gâte toujours) une session de «dorlotage» dans un spa qui comprend massage, manucure, pédicure et soin facial! Je ne sais pas si c'était une idée de ma mère, mais, en tout cas, c'était vraiment une

belle pensée! Bon, c'est sûr qu'il faut se rendre à Québec pour en profiter, mais ma tante m'a dit que la journée où je voudrai y aller, elle ira aussi et on se paiera une sortie de filles! Trop *cool*! J'adore ma tante!

Je ne sais pas s'il y a une explication logique à tout ça, mais, en découvrant ce cadeau, je me suis tout de suite sentie comme une femme, belle et gracieuse. Comme si j'avais enfin ma carte d'accès à un temple de la beauté pour déesses seulement.

Carte de membre du
club sélect des adultes

Je sais que tout le monde nous dit, à nous les jeunes, de profiter de notre jeunesse parce que ça passe tellement vite, mais, moi, je l'ai déjà dit: j'ai hâte de vieillir! Même si j'aime l'école, je suis impatiente d'en finir avec cette étape-là et de vraiment commencer à vivre... Là, j'ai l'impression indécrottable (nouveau mot appris aujourd'hui) de rester dans l'attente de quelque chose, je ne sais pas quoi. Comme si ma vie était sur *hold* depuis des années et le demeurerait pour encore longtemps. Comme si, jusqu'à maintenant, tout ce que j'avais fait était de poireauter dans une salle d'attente sans jamais être appelée à traverser les mystérieuses portes devant moi... Qu'y a-t-il donc de l'autre côté? Ces rêves profonds que je chéris? La joie, le bonheur, le soleil et les rires? Qui sait...

En attendant, l'année s'achève, et c'est tant mieux. J'ai hâte à la nouvelle année parce que, même si c'est juste une illusion, ça représente toujours un nouveau départ. Et j'ai besoin d'un nouveau départ, je pense... Honnêtement, chaque nouvel an, je conserve cet espoir fou que ma vie changera «pour vrai cette fois-ci...» Mais, en décembre, je ne peux m'empêcher d'être déçue en voyant que rien n'a vraiment changé.

Une Justine plus forte pour la nouvelle année?

Enfin, janvier approche et, encore une fois, je regarde la nouvelle année avec optimisme. Et comme chaque année depuis que ma cousine Nadia m'a donné ce truc pour apprécier davantage ma vie sur *hold*, j'effectue un bilan des choses positives qui me sont arrivées depuis le premier janvier dernier. Donc:

* j'occupe un emploi dans un endroit que j'adore et j'ai un *boss* super;

* j'ai eu un *chum* qui s'est avéré le gars le plus populaire de l'école (mais populaire ne veut pas dire super attentionné, hein! On apprend...);

* j'ai décroché un poste en rédaction au journal étudiant de Sainte-Jeanne-des-Eaux et, par le fait même, j'ai fait de nouvelles connaissances;

* je peux désormais compter sur l'appui d'une prof super encourageante dans ma carrière d'auteure;

* j'ai enfin rattrapé les autres filles de mon âge physiquement (inutile d'élaborer sur le sujet...);

* je me suis rendue compte que faire un tour chez une psy n'était pas la fin du monde, au contraire;

* mes liens avec Ana se sont resserrés et nous sommes plus sœurs que jamais;

* ma mère et moi nous apprivoisons tranquillement (je m'en voudrais de passer sous silence les progrès qu'elle et son *alien* ont faits cette année...);

* et enfin, j'ai découvert que le *scrapbooking* peut être amusant!

Somme toute, c'était une année assez intéressante. Et pour citer mon père, ce grand sage: «Quand on est en bas, on ne peut faire autrement que remonter.» On verra si l'avenir donnera raison à cette maxime...

En attendant:

REMERCIEMENTS

Je tiens d'abord à remercier tous ceux et celles qui ont adopté Justine. Merci de nous avoir si chaleureusement laissé entrer dans vos vies, elle et moi.

Merci également à toute l'équipe infiniment sympathique de LÉR: vous avez fait de ces quelques mois de ma vie une partie de plaisir sur un terrain de jeux!

Comme toujours, merci à ma famille et à mes amis qui, non seulement endurent mes «sautes d'humeur d'artiste» et mes «épiphanies qui ne tombent jamais au bon moment», mais m'encouragent en plus à poursuivre dans cette douce folie qu'est l'aventure littéraire!

Enfin, un merci tout spécial à Marius Bertrand, sans qui Justine n'existerait tout simplement pas... ☺